पेंगुइन स्वदेश

अदालत

अमृता प्रीतम पंजाबी के सबसे लोकप्रिय लेखकों में से एक थी। अमृता प्रीतम का जन्म 1919 में गुजरांवाला पंजाब (भारत) में हुआ। उनका बचपन लाहौर में बीता और शिक्षा भी वहीं हुई। किशोरावस्था से उन्होंने लिखना शुरू किया। उन्होंने सौ से अधिक कविताओं की किताब लिखी, साथ ही फिक्शन, बायोग्राफी, आलेख और आटोबायोग्राफी लिखकर साहित्य में नया मुकाम हासिल किया। इनकी तमाम पुस्तकों का कई भारतीय भाषाओं सहित विदेशी भाषाओं में भी अनुवाद हुआ। अमृता प्रीतम पहली महिला लेखिका हैं, जिन्हें 1956 में साहित्य अकादमी पुरस्कार मिला। 1982 में उन्हें *काग़ज़ ते कैनवास* के लिए ज्ञानपीठ पुरस्कार मिला। 2004 में पद्मविभूषण भी प्रदान किया गया।

अदालत

अमृता प्रीतम

पेंगुइन स्वदेश
पेंगुइन रैंडम हाउस इंप्रिंट

पेंगुइन स्वदेश

यूएसए। कनाडा। यूके। आयरलैंड। ऑस्ट्रेलिया। सिंगापुर
न्यू ज़ीलैंड। भारत। दक्षिण अफ्रीका। चीन

पेंगुइन स्वदेश, पेंगुइन रैंडम हाउस ग्रुप ऑफ़ कंपनीज़ का हिस्सा है,
जिसका पता global.penguinrandomhouse.com पर मिलेगा

पेंगुइन रैंडम हाउस इंडिया प्रा. लि.,
चौथी मंज़िल, कैपिटल टावर-1, एम जी रोड,
गुरुग्राम 122 002, हरियाणा, भारत

पेंगुइन
रैंडम हाउस
इंडिया

प्रथम हिन्दी संस्करण हिन्द पॉकेट बुक्स द्वारा 1995 में प्रकाशित
प्रस्तुत हिंदी संस्करण पेंगुइन स्वदेश में पेंगुइन रैंडम हाउस द्वारा 2026 में प्रकाशित

10 9 8 7 6 5 4 3 2

ISBN 9789353495442

मुद्रकः रेप्रो इंडिया लिमिटेड

www.penguin.co.in

FSC www.fsc.org MIX Paper from responsible sources FSC® C047271

This is a legitimate digitally printed version of the book and therefore might not
have certain extra finishing on the cover.

उसके अनुमान से अभी रात थी···

पानी के किनारे पर उगी हुई झाड़ी में उसने अपनी सिकोड़ी हुई टांगों को सीधा किया और पैरों के बल खड़ा हुआ तो उसे झाड़ी के ऊपरी सिरे के गुच्छेदार फूल अपनी गरदन को छूते हुए लगे···

पर जब वह लम्बे डग भरता झाड़ी से निकलकर पानी के किनारे पर आया तो पानी में पड़ने वाली उसकी परछाईं उसके दिल को हिला गई···

निथरे, खड़े हुए पानी में उसकी पूरी आकृति प्रतिबिम्बित थी—लम्बी-पतली टांगें, छाती की हलकी दूधिया परछाईं, और दोनों पहलुओं में उगे हुए अखरोटी रंग के पंखों का गहरा साया, और माथे के पास सिर पर पहने हुए ताज के समान बड़े चमकदार नीले पंखों का गहरा रंग, और लम्बी-पतली चोंच का अकड़ाव···और आंखों के गिर्द लाल सुर्ख घेरे···

सो, यह रात नहीं थी, दिन चढ़ने वाला था, तभी तो उसका प्रतिबिम्ब इतना स्पष्ट दिखाई दे रहा था···

और दिन चढ़ने के खयाल से एक प्रकार के भय का एक ऐसा कम्पन उसके शरीर से गुज़र गया कि खड़े हुए जल में भी उसका साया कांप गया···

उसने जल्दी से चोंच को पानी में डुबाकर एक लम्बी घूंट भरी। उसके सूखे हुए गले को जब पानी की तरावट मिली, उसने अपनी प्यास की ओर से ध्यान हटाकर, दूर तक एक भयभीत दृष्टि डाली और फिर जल्दी से लम्बे डग भरता हुआ पानी के किनारे उगी हुई झाड़ी में जाकर छिप गया···

सरकंडों की यह झाड़ी पतली-सी थी, जिसकी दरज़ों को रात का अंधेरा तो मिटा देता था, पर दिन की रोशनी उन्हें चौड़ा-सा करती हुई लगती थी, जिसके कारण वह अपने शरीर को छिपाकर भी निश्चिंत नहीं था···

और सरकंडों की यह झाड़ी ऊंची भी नहीं थी। वह जब बैठ जाता था, तब कहीं उसे कुछ ढकती थी, पर जब वह खड़ा होता था, तो बस उसकी गरदन तक आती थी। उसने अपने शरीर को मानो अपने शरीर में ही समेट लिया, और फिर जल्दी से सरकंडे के पत्तों को अपनी चोंच में लेकर ऊपर खींचने लगा।

शरीर की पूरी शक्ति से जब उसने पत्तों को ऊपर खींचकर अपने शरीर को ढकने की कोशिश की, तो उसके हांफने के कारण उसकी नींद टूट गई।

बिस्तर की चादर को वह नींद में न जाने कितनी देर तक खींचता रहा था कि उसे लगा, वह चादर पायंती की ओर से कुछ फट गई है।

उसने पलंग के पास ही लगे हुए बिजली के बटन को दबाया और हैरान होकर अपने कमरे को देखा।

वही रोज़ की तरह सजा हुआ कमरा था, वही लकड़ी के बारीक काम की पीठ वाला पलंग, और वही··· वह···

अजीब सपना आया था कि आज वह तप्त-रेखा में पैदा होने वाला पंछी बन गया था, जो दिन-भर, रोशनी से डरते हुए, पानी के किनारे की झाड़ी में छिपकर रहता है और सिर्फ रात के घने अंधेरे में झाड़ी से बाहर निकलता है।

उसे अपना गला उसी तरह सूखता हुआ लगा, जैसे अभी-अभी नींद में पानी के किनारे खड़े हुए अपनी लम्बी चोंच से लम्बे घूंट भरकर पानी पीते समय लगा था।

पलंग के पास ही छोटी मेज़ पर रखी हुई कांच की सुराही में से उसने पानी के कितने ही घूंट भरे, और फिर, अभी देखे हुए अपने सपने के बारे में सोचने लगा।

सहज स्वभाववश उसका हाथ अपनी छाती की ओर भी गया और बांहों की ओर भी—जैसे अभी उसके सारे पंख झड़ गए हों और वह एक पंछी से बदलकर सिर्फ एक आदमी रह गया हो।

पंख नहीं थे,पर पक्षी के मन का डर इस समय भी उसके मन में था। और यों तो अभी रात थी, दिन का उजाला नहीं हुआ था, कमरे की मसनूई रोशनी से भी चौंककर वह कमरे की दीवारों की ओर देखने लगा।

एक दीवार से लगी हुई किताबों की अलमारी थी। उसकी भटकती हुई दृष्टि जब किताबों की ओर गई, उसे याद आया कि कल उसने एक ऑस्ट्रेलियन आर्टिस्ट की एक किताब पढ़ी थी—'द ड्रीम टाइम बुक' और उसी किताब में तप्त-रेखा में पैदा होने वाले उस 'रात के पक्षी' की तस्वीर देखी थी, जो दिन-भर पानी के किनारे पर सरकंडों में छिपकर रहता है, और जब उसे वे सरकंडे अपने कद से छोटे जान पड़ते हैं, वह चोंच से सरकंडों के पत्तों को खींचता रहता है, ताकि वे जल्दी से ऊंचे हो जाएं।

उसे अपने सपने पर हंसी-सी आ गई और पंलग से उठकर उसने अलमारी में से फिर वह किताब निकालकर देखी।

पर उसकी हंसी उसके होंठों के पास आकर भी पीछे होती हुई उसके गले में अटक-सी गई, 'पर सपने में मैं वह पक्षी क्यों बन गया?'

शायद पिछले जन्म में मैं तप्त-रेखा का पक्षी था!

शायद अगले जन्म में मैं उस पक्षी की जून पाऊंगा!

शायद इस जन्म में शरीर मनुष्य का, आत्मा उस पक्षी की· · · !

उसने एक गहरी सांस ली, और आदिवासियों की उस कथा के संबंध में सोचने लगा, जो 'रात के पक्षी' से संबंधित है और जिसमें वे कहते हैं कि वह पक्षी वास्तव में एक मनुष्य था, जिसे उसके साथियों ने इतना सताया कि उसने ईश्वर के आगे प्रार्थना कर करके अपने लिए एक पक्षी का रूप मांग लिया। उसकी प्रार्थना स्वीकार हो गई और वह पक्षी बन गया, पर उसकी छाती में जो भय जमा हुआ था, वह उसके पक्षी बनने के बाद भी उसकी छाती में ही पड़ा रहा और वह सदा के लिए दिन की रोशनी में छिपकर रहने लगा।

पर आदिवासियों की इस कथा का मुझसे क्या संबंध?

यह कथा मेरी छाती में क्यों उतर गई?

केवल याद में नहीं, रात के सपने में भी?· · ·

ज़िन्दगी के थोड़े-से वर्षों ने कई सुख उसके दायें-बायें बिछाए थे, और दूर जहां तक उसकी दृष्टि जाती थी, उसे सारा रास्ता मखमली रंग का दिखाई देता था, पर आज वह चकित था कि वह कौन-सा डर था, जो रात के समय उसे सरकंडों की झाड़ी में छिपकर बैठने के लिए कहता रहा था?

और रात के समय खड़े हुए पानी में भी उसका प्रतिबिंब क्यों कांपता रह था?

उसने किताब का वह पन्ना पलट दिया, जिसपर उस 'रात के पक्षी' का चित्र था और अगले पन्नों पर छपी हुई तस्वीरें देखने लगा।

ये तस्वीरें उसने कल भी प्यासी आंखों से देखी थीं।

यह उस अंडे की तस्वीर थी, जिसके टूटने पर उसमें से पहला सूरज निकला था।

वह पक्षी, जो मनुष्य जाति के लिए अपने सिर पर आग उठाकर लाया था और जिसके सिर के ऊपर वाले पंख सदा के लिए लाल हो गए थे।

वे टूटी हुई चट्टानें, जिनमें से मानो अब भी एक तूफान का शोर सुनाई दे रहा हो।

हाथ में ली हुई किताब को उसने परे रख दिया—रंगों के तूफ़ान का शोर सुनाई देने का एक भयानक एहसास था।

किताब, जैसे उसने रखी थी, बन्द और चुप पड़ी रही, पर बड़े-बड़े अक्षरों में लिखा हुआ किताब का नाम मानो उसकी आंखों को पकड़कर बैठा रहा—ड्रीम टाइम बुक···

खाने का समय, काम का समय, सोने का समय, आराम का समय···ये सब समय लोगों ने गढ़े हैं, पर यह किस प्रकार का आदमी है—वह सोचने लगा—जिसने सपनों का समय कहकर इस किताब को देखने की बात की है···

रात का सपना उसे फिर याद आ गया और किताब की ओर से मुंह हटाते हुए उसे लगा, मानो वह स्वयं किताब का एक पृष्ठ बनकर किताब में रह गया हो और अब वह किताब से नहीं, स्वयं अपने से परे हटकर अपने पलंग की ओर जा रहा हो।

पलंग के पास खड़े होकर वह कितनी ही देर रात वाली, पायंती की ओर से फटी हुई, चादर की ओर देखता रहा।

सोचता रहा—इस चादर में मैं क्यों अपने शरीर को छिपा लेना चाहता था?

क्यों? किससे?

और अचानक उसका ध्यान ऊंचा होकर छत के उस कोने की ओर गया, जहां एक महीन-सा जाला मानो उस कोने में बैठकर नीचे पलंग की ओर देख रहा हो।

भय का एक काला साया मानो उस कोने से लटक रहा हो।

उसे जाले से नहीं, अपने-आपसे एक प्रकार की निराशा हो आई—कि साधारण-से जाले को, उसके मन ने, न जाने क्यों, भय के काले साये के साथ मिलाया है।

ये उसके वे खाली दिन थे, जो बड़ी सरकारी नौकरी वाले किसी परदेश में होने वाली बदली से पहले बिताते हैं।

आजकल वह अकेला था। उसका सामान, जो उसके साथ परदेश जाने वाला था, उससे भी पहले समुद्री सफर पर जा चुका था।

उसकी पत्नी आने वाले तीन वर्षों की दूरी से पहले एक बार अपनी मां के पास कुछ दिन रह लेना चाहती थी, इसलिए वह वहां गई हुई थी।

उसकी मिनिस्ट्री के, उसके अपने विभाग के लोग, उसे विदाई का जश्न दे चुके थे, और अपनी ओर से उसे अपने पास से विदा कर चुके थे।

और अब वह अपने पास केवल स्वयं अकेला रह गया था।

उसकी मां यदि जीवित होती तो वह उसके पास जाकर उसे ज़िन्दगी की इस सफलता की सूचना देता, पर वह अब जीवित नहीं थी, और इसलिए यह खबर भी, अब उसकी तरह, उसके कमरे में अकेली थी।

सो, यह अकेलेपन का समय था।

बीते हुए सुखों और आने वाले सुखों के बीच का खाली समय···जैसे दो देशों की सीमाओं के बीच एक खाली जगह होती है।

खाली जगह···उसे ध्यान आया, शायद इसी जगह को उस किताब वाले ऑस्ट्रेलियन ने ड्रीम टाइम कहा है···सपनों का समय··· ?

पर पहली रात का ही यह पहला सपना कैसा है?

एक प्यास···एक भय···

और ठहरे हुए पानी में उसके शरीर की कांपती हुई परछाईं।

चिन्ता की एक पपड़ी-सी उसके होठों पर जम गई। क्या सपनों का समय इस जैसा भयानक होता है?

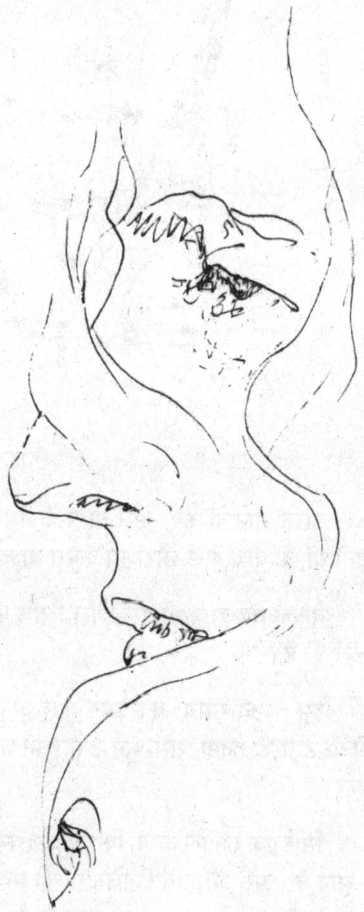

उसके सोने के कमरे और बाहर के बड़े कमरे, जहां लोगों से मुलाकतें की जाती थीं, के बीच, एक छोटा-सा कमरा था,जो किसी ने कभी नहीं खोला था।

केवल वह ही कभी उसे खोल लिया करता था, पर वह बात बहुत समय पहले की है।

इस 'बहुत समय' का उसने कुछ अनुमान-सा लगाना चाहा, पर समय की पगडंडी पर इतना घास-फूस उगा हुआ था कि उसे समय के पद-चिन्ह नहीं मिले।

सिर्फ एक खयाल आया कि यह बन्द कमरा शायद उसके और उसकी पत्नी के सोने के कमरे, और उसकी ज़िन्दगी की सफलता के चिन्ह—उसके मुलाकाती कमरे के बीच बना हुआ एक वह कमरा है, जो अपने सारे अंधेरे को समेटकर सदा चुप रहता है, पर सदा वहीं का वहीं खड़ा रहता है।

और वह कमरा अपने दोनों पहलुओं की ओर बने हुए दोनों कमरों की रोशनी के बीच दिल के पूरे अंधेरे से मुस्कराता है।

उसे लगा—शायद दोनों कमरों की रोशनियां, कभी-कभी हैरान होकर, उस बीच के अंधेरे को देखती हैं। शायद उससे कुछ पूछती भी हैं, पर विवश-सी अपनी जगह पर खड़ी रहती हैं। वे उस अंधेरें को किसी जगह से भी तोड़ नहीं सकतीं।

उसका अपना हाथ आज मानो उसके शरीर से बाहर होकर, उस अंधेरे की ओर बढ़ा—उसके बन्द दरवाज़े की ओर···और फिर उसके अन्तर में गहरा उतरकर उसे उंगलियों से टटोलने लगा।

उस कमरे की एक खिड़की दिन की रोशनी की ओर खुलती थी, पर चिरकाल से उसके पल्ले अंधेरे और उजाले के बीच अड़कर खड़े हुए थे।

उसने हाथों से टटोल-टटोलकर वह खिड़की ढूंढ़ ली, और उसके भिड़े हुए पल्लों को खींचकर खोलने लगा।

शायद शरीर के मांस की भांति लकड़ी को भी एक प्रकार की पीड़ा हुई, पल्लों में से एक चिरने की सी आवाज़ आई।

उसके हाथ ठिठक गए। लगा, मानो खिड़की की लकडी को जो पीड़ा हुई, वह भी उसके अपने शरीर में से गुजरी हो।

आखिर खिड़की के पल्लों ने कहना मान लिया, जगह से परे हो गए।

उन्होंने कभी उस जगह पर खड़े होने के लिए भी उसी का कहना माना था। आज भी उसी का कहना मानकर परे हो गए और बाहर से आने वाले सवेर के उजाले में उसके मुंह की ओर देखने लगे।

मानो पूछ रहें हों—आज तुम यहां कैसे आ गए? तुम्हें यह अवकाश कैसे मिल गया?

अवकाश की इस भयानकता का शायद आने वाले को उन पल्लों से भी

ज्यादा ज्ञान था, वे आने वाले के चेहरे की उदासी को पिघली हुई आंखों से देखने लगे।

अंधेरे का दिल भी कुछ पिघल-सा गया और उसने जो कुछ भी छिपाकर रखा हुआ था, दीवारों की छाती से लगाकर, वह सब कुछ आने वाले के आगे रख दिया।

आने वाले ने दीवार के साथ लगी हुई एक कैनवस की ओर देखा, जिस पर धूल की एक तह जमी हुई थी।

उसने अपनी उंगली से उस धूल को छुआ—तो कैनवस पर एक लकीर-सी बैठ गई—मानो धूल एक रंग हो, और उंगली एक ब्रुश···

कैनवस खाली थी, इसलिए धूल की तह के नीचे से किसी हरे-पीले रंग को नहीं उभरना था, केवल धूल में से कुछ नक्श बनने और मिटने थे···

'खाली कैनवस लेकर रखने का क्या फायदा? एक नहीं···दो नहीं··· कितनी ही···पर क्यों'? बहुत अर्सा हुआ, एक बार उसकी पत्नी ने खीझकर उससे पूछा था, पर उसने कोई उत्तर नहीं दिया था।

आज भी मानो वह प्रश्न कमरे के अंधेरे में लटका हुआ था।

शायद यह प्रश्न सदा उसके घर के एक अंधेरे कोने में लटकता रहेंगा? उसे विचार आया—घर बदल सकते हैं, पर इससे क्या होता है! जहां भी जाओ वहां ही घरों के कोने होते हैं, और कोनों के अंधेरे।

और अंधेरे में लटकने वाले प्रश्न!

उत्तर न वह अपनी पत्नी को दे सकता था,न अपने-आपको। इसलिए उसी तरह, सिर झुकाए, अपनी उंगली से कैनवस पर पड़ी हूई धूल में लकीरें-सी खींचता रहा।

धूल की लकीरें मुड़ती, टूटती और कहीं से गोल-सी होती हुई जब एक अजीब-सा दायरा बन गई—तब उसे ध्यान आया कि उसने अपनी उंगली से उस धूल में किसी का नाम लिखा है।

उ··· र्सि···ला

यह नाम उन लकीरों में टूट भी रहा था, जुड़ भी रहा था। मानो वह हवा में लटकते हुए प्रश्न को उत्तर दे रहा हो।

धूल के होठों में से निकले हुए बोल ने जब उसके अपने कानों को छुआ, उसे लगा, जैसे वह चुप की आवाज उसके कानों में से होती हुई और उसके सारे शरीर के अंग-अंग में से होती हुई उसके पांवों की एड़ियों तक चली गई हो, और उसके पांव वहीं के वहीं उस फर्श पर जम गए हों। उसके मन में एक अजीब-सा डर पैदा हुआ। ये पांव आज से नहीं,शायद कई बरसों से यहीं खड़े हुए हैं, और वह जब अपने सरकारी पद की कुर्सी पर बैठने के लिए जाता है, उसके पांव वहां उसके साथ नहीं जाते···और जब वह अपनी पत्नि के बिस्तर में सोने के लिए जाता है तो उसके सारे अंग उसके साथ बिस्तर में जाते हैं,पर उसके पांव उसके साथ नहीं जाते।

और उसे लगा—अब जब वह तीन बरस के लिए आज से भी ऊंचे पद को संभालने के लिए इस देश के बाहर जाएगा, उसके पांव उसके साथ नहीं जाएंगे।

एक चुप हो चुके नाम की आवाज़ न जाने किस तरह धीरे-धीरे रांगे के समान भारी हो गई थी, और उसके पांवों की एड़ियों में जाकर इस तरह बैठ गई थी कि उसके पांव जहां कभी खड़े हुए थे, वहीं खड़े रह गए थे।

और उसे लगा कि वह सदा अपने पांवों के बिना चलता रहा था, और वह सदा अपने पांवों के बिना चलता रहेगा।

उसने एक गहरी सांस ली और आदिवासियों की एक प्राचीन कथा की तरह उन दिनों की बात सोचने लगा, जब उसके पांव हुआ करते थे।

एक जवानी का देश होता था,जिसमें गंगा जैसे मन की कई नदियां बहती थीं।

जहां-जहां सपनों के बीज गिरते थे, वहां-वहां बहुत हरे और करामाती पेड़ उग आते थे।

पेड़ों पर फूल भी खिलते थे, फल भी आते थे, चाहें इर्द-गिर्द के कई लोग उससे धीरे से कहते थे कि ये सब वर्जित फूलों ओर वर्जित फलों के पेड़ हैं।

पर लोगों का क्या, उसके अपने मन ने उससे कहा था कि वह वर्जित फूल भी तोड़ेगा और वर्जित फल भी खाएगा।

यह तब की बात है, जब उसके पांव होते थे। और एक दिन उसने दूर से देखा कि मन के एक ऊंचे टीले पर बैठकर उर्सिला कुछ कागजों पर एक पेन्सिल से तस्वीर बना रही है और वह पांवों से चलकर नहीं, उड़कर, पीछे से जाकर उर्सिला की पीठ के पीछे खड़ा हो जाता है।···

उर्सिला सारी की सारी उसकी परछाईं में लिपट गई थी। परछाईं में नहीं, उसके अस्तिव में···

और उसने उर्सिला की पीठ पर छाए हुए उसके खुले हुए बालों में हाथों की उंगलियां उलझाते हुए पूछा था, उर्सिला ! तुम रंगों से पेंट क्यों नहीं करती ?'

'किसी दिन करूंगी।' कहते हुए वह हंस दी थी।

'पर कब ?' उसने पूछा था तो उर्सिला ने कहा था, 'जब रंग खरीदने के लिए पैसे होंगे, इकबाल ! तब···'

उसने यह बात सुनी थी, पर समझी नहीं थी। उसे यह बहुत छोटी बात लगी थी—रंगों के लिए पैसे अगर आज नहीं हैं, तो कल हो जाएंगे।

पर आज और कल में, उसने नहीं जाना था कि गरीबी का एक वह लम्बा फासला होता है, जो कई बार एक जन्म में तय नहीं होता।

उन दिनों उसने वर्जित फूलों और वर्जित फलों का अर्थ भी नहीं समझा था। यह उसने बहुत समय बाद जाना था कि गरीबी के फूल घरों में सजाने के लिए नहीं होते और गरीबी के फल खाने के लिए नहीं होते।

पर समझ की सीमा में आकर भी अनेक बातें होती हैं, जो समझ से परे खड़ी रहती हैं और शायद मनुष्य पर हंसती रहती हैं।

उसे लगा—वह उर्सिला के लम्बे और खुले बालों में हाथों से उलझाव डालता हुआ एक दिन स्वयं ही उलझन जैसा हो गया था, और शायद सदा के लिए उसके अस्तित्व का एक टुकड़ा, वहां, उसके बालों में ही उलझकर रह गया था।

और उसके अस्तित्व का जो हिस्सा उसके पास से बहुत दूर आ गया, वह कभी-कभी वे रंग और वह कैनवस खरीदने लगा, जो उर्सिला को खरीदने थे।

उसे ज्ञात था—अब वह न ये रंग उर्सिला तक पहुंचाएगा, न यह कैनवस, और यह सब कुछ सदा एक बन्द कमरे के अंधेरे में पड़ा रहेगा—जहां रंग सूख जाएंगे और हर कैनवस पर धूल की तह जम जाएगी। पर तब भी वह खरीदता रहा, रखता रहा, और समझ की सीमा में आकर भी ये सब बातें उसकी समझ से परे खड़ी रहीं, और शायद उस पर हंसती रहीं। इकबाल के माथे पर पड़ी हुई चिन्ता की लकीर को देखकर समय व्यंग्य से मुस्कराया। और जब इकबाल ने घबराकर जेब में हाथ डाला और अपने लिए एक सिगरेट निकाल कर जलाई, तो 'समय' भी एक बूढ़े आदिवासी की भांति हथेली पर तम्बाकू मलकर हुक्के में डालता हुआ इकबाल को एक प्राचीन कथा सुनाने लगा—'एक था अरब नौजवान और एक थी अरब सुन्दरी···'

कहानी साकार इकबाल की आंखों के आगे विचरने लगी—ऐसे, जैसे किसी को पिछला जन्म स्पष्ट दिखाई दे जाए—वह जन्म, जब इकबाल एक अरब नौजवान था और उर्सिला अरब सुन्दरी।

कॉलिज के थियेटर ग्रुप ने दुनिया-भर के विवाहों की रस्में इकट्ठा की थीं और साप्ताहिक थियेटर में उन्हें अभिनीत किया था। जब उन्हें एक प्राचीन अरब विवाह की रस्म का अभिनय करना था, तब उसके लिए इकबाल और उर्सिला को चुना था।

इकबाल ने अरबी वेशभूषा धारण की थी—मोटे-सफेद कपड़े का चुन्नटदार किल्ट, जिसकी गांठ सामने की ओर बंधी हुई थी—और वह स्टेज पर सजाई हुई रेत की वीरानी में बांसुरी बजाता हुआ मरुस्थल को मन की मुहब्बत सुनाता रहा था···

उर्सिला में सनाई रेगिस्तान का लम्बा चोगा पहना हुआ था, जो उसके एक कंधे के ऊपर से होता हुआ दोनों कोनों से सामने की ओर बंधा हुआ था, और जिसमें से उसकी खुली हुई बाईं बांह हवा में ऐसे फैली हुई थी, जैसे बांसुरी के सुरों में से निकलने वाली आवाज़ को वह रेत पर गिरने से बचाना चाहती हो। और फिर उर्सिला उसकी बांसुरी की अरबी धुन के साथ अपनी आवाज़ मिलाने लगी। और फिर जैसे वे दोनों मरुस्थलों को चीरकर मिले हों—उर्सिला उसकी बांहों में सिमट गई थी... । उसने सनाई रेगिस्तान की रस्म के अनुसार उर्सिला के होंठ चूमे थे और फिर खुशी में झूमता हुआ वह रेतीले स्थलों को पार करता उधर चल दिया था, जिधर बस्ती के लोग रहते थे।

बस्ती के एक घर के बाहर बैठकर उसने फिर बांसुरी के सुर छेड़े थे। बांसुरी की आवाज़ घर के बन्द दरवाज़ों से देर तक टकराती रही थी।

इतने में उसके पीछे धीरे-धीरे चलते हुए उर्सिला भी आ पहुंची थी और उससे सटकर बैठ गई थी, और उसने किल्ट के ऊपर ओढ़ी हुई अपनी चादर उताकर उससे उर्सिला को सिर से पैर तक ढक लिया था।

घर का दरवाज़ा आखिर खुला और घर का बुज़ुर्ग सामने ड्योढ़ी में आकर खड़ा हो गया।

इकबाल ने उठकर बुज़ुर्ग के पांव छुए और नम्रतापूर्वक कहा, 'मैं आपके पास, ऐ बुज़ुर्गवार, आपकी बेटी का हाथ मांगने आया हूं।'

बुज़ुर्ग मुस्कराया, 'नौजवान ! मेरी बेटी एक हीरा है, बहुत कीमती, तुम इसकी कीमत अदा कर सकते हो?

इतने में इस अरब आशिक का पिता वहां पहुंच गया और उसने आदर सहित उत्तर दिया, 'मैं अपने बेटे के लिए आपकी हीरे जैसी बेटी का हाथ मांगता हूं।'

सुन्दर युवती के पिता नें कहा था, 'दो हज़ार पोंड देने पड़ेंगे।'

और अरब आशिक के पिता ने कहा था, 'सब दे सकता हूं ; जो मांगेंगे, वह

दे सकता हूं; पर देखिए, मेरा बेटा रेगिस्तान का फूल है, रेगिस्तान का झरना है, ठंडे-मीठे पानी का झरना। और देखिए, मेरा बेटा इस वीराने में खजूर का पेड़ है।'

सुन्दरी का पिता मुस्कराया था, 'यह तो मानता हूं, स्वीकार करता हूं, और इसलिए पांच सौ पौंड छोड़ता हूं।'

इतने में सनाई रेगिस्तान का काज़ी पहुंच गया। उसने आते ही कहा, 'और पांच सौ पौंड मेरे नाम पर छोड़ने पड़ेंगे, ख़ुदा के नाम पर, ऐ खुदा के बन्दे!'

सुन्दर युवती का पिता फिर मुस्कराया और कहने लगा, अच्छी बात है, पांच सौ पौंड इन्सान के नाम पर छोड़े थे, अब पांच सौ ख़ुदा के नाम पर छोड़ता हूं...'

तभी युवती की मां भी घर के बाहर आ जाती है, और सामने की ओर से युवती के प्रेमी की मां भी।

एक मां जब कहती है 'एक सौ पौंड मेरे दूध के नाम पर छोड़े जाएं,! तब दूसरी मां कहती है' हां! एक सौ पौंड मेरे दूध के नाम पर भी' तो सुन्दर युवती का पिता हंसकर दोनों औरतों की ओर देखता है और दोनों के नाम पर दो सौ पौंड और छोड़ देता है।

फिर दोनों के भाई आते हैं—एक भाई अपने छोटे भाई की दाहिनी बांह बनकर आता है, और दूसरा अपनी बहन का पिता जैसा रखवाला बनकर, और दोनों के नाम पर दो सौ पौंड और छोड़ दिए जाते हैं।

फिर दो बूढ़े दादा आते हैं—एक युवती का दादा, और दूसरा उसके आशिक का दादा। इनमें से पहला कहता है, 'मेरी पोती मेरे घर के दीये की लौ है,' और दूसरा कहता है, 'मेरा पोता मेरे घर का चिराग है,'—तो दोनों दादाओं के नाम पर एक-एक सौ पौंड और छोड़ दिए जाते हैं।

फिर कई आवाज़ें उठती हैं :

'मैं आज के इस आशिक का दोस्त हूं, उसके भाइयों के समान · · ·'

'मैं आज की होने वाली दुलहन की सहेली हूं, उसकी बहनों के समान · · ''

'मैंने लड़के को इल्म दिया है · · ·'

'मैंने लड़की को हुनर सिखाया है · · ·'

और घर के दरवाज़े की चौखट पर खड़ा हुआ सुन्दर युवती का पिता आज की मांगों पर झूमते हुए कहता है, 'आप सबके नाम पर मैं सब कुछ छोड़ता हूं, केवल एक सौ पौड लूंगा · · ·'

उसी समय धान कूटने की आवाज आती है। कारीगरों, मजदूरों के गाने की आवाज़ें आती हैं।

लड़की का पिता पूछता है, 'ये कैसी आवाज़ें हैं? कितनी प्यारी लग रही हैं!'

लड़के का पिता उत्तर देता है, 'घरों के आंगनों में हांडियां पक सकें, इसलिए इस बस्ती के मज़दूर धान कूट रहे हैं। देखिए, हवा में कैसी अच्छी महक है!'

तो लड़की का पिता उत्तर देता है, 'फिर एक सौ पौंड में संसार के सारे मज़दूरों के नाम पर छोड़ता हूं—घरों में और खेतों में काम करने वाले श्रमिकों के नाम पर।'

और फिर विवाह की दावत सज जाती है।

कॉलिज के दिनों में खेला हुआ यह नाटक इकबाल को ऐसे याद आया, मानों पिछला जन्म याद आया हो ।

नाटक खेलते हुए भी उसे विश्वास नहीं हो रहा था कि यह केवल नाटक

है, और आज जब उसका एक-एक दृश्य याद आया तो पूरे का पूरा अपनी आप बीती की भांति लगने लगा।

जगबीती किस स्थान पर आकर आपबीती बन गई, इकबाल उस स्थान के अपनी छाती में खोजने लगा।

'शायद प्राचीन कथा में जो शिष्टाचार था—सगे-संबंधियों और मित्रों को हासिल करने के लिए धन-सम्पदा का त्याग'—इकबाल सोचने लगा, 'शायद यही वह स्थान था, जहां उसके और उर्सिला के बीच दुनिया द्वारा डाली हुई दूरियां मिट गई थी।'

सनाई मरुस्थलों की यह प्राचीन रस्म जैसे कई वर्ष हुए, इकबाल को झकझोर गई थी। आज भी वह उसकी आंखों के सामने ऐसे चमक गई कि उसका मन चौंधिया गया। इस रस्म का विस्तार किस प्रकार संसार को अपनी बांहों में समेट लेता है—केवल संबंधियों और मित्रों को ही नहीं, बैगानों-परायों को भी। केवल आदर और मोह की जगह को नहीं, बैगानों की मेहनत की जगह को भी · · ·। और रस्म का अन्तिम भाग—अन्तिम सौ पौंड को संसार के श्रमिकों के नाम पर छोड़ना—इकबाल की दृष्टि में इस रस्म को एक बहुत ऊंची रस्म बना गया।

पर रस्म उसकी आंखों में जितनी ऊंची हुई, उतना वह स्वयं छोटा हो गया।

लगा—वह बांसुरी उसकी नहीं थी, जो मरुस्थलों में गूंज उठी थी; उसके बोल तो सारे के सारे मिट्टी में मिल गए · · ·

बांसुरी तो उस दिन उसने उधार ली थी, वह सोचने लगा—'क्या उर्सिला को मुहब्बत करने वाला अपने सीने में छपा मन भी उसने लिया था?'

बाहर के बरामदे में अचानक एक खटका हुआ—और इकबाल ऐसे चौंक गया, जैसे कोई कानून किसी कानून से बाहर की जगह में अचानक दाखिल हो गया है।

किसी जगह पर पुलिस के छापा मारने के समान।

इकबाल के हाथ खाली थे, पर उसे लगा, जैसे अचानक हाथों में से कुछ छिटक गया हो। चोरी से खींची जा रही शराब के समान, या जाली नोटों की गड्डी के समान।

उसके होश ने संभलना चाहा और फिर उसे भी संभालना चाहा, कहा, 'अखबार वाले ने बरामदे में रोज़ की तरह सिर्फ अखबार फेंका है···'

पर वह खटका, जो बाहर के बरामदे में हुआ था, बाहर की बैठक की बन्द

कुंडी को ख़ोलकर जैसे अन्दर चलकर आ गया था, इस चिरकाल से बन्द रहने वाले कमरे में · · ·और अब जैसे इक़बाल अकेला इस कमरे में नहीं था, वह खटका भी कमरे में खड़ा हुआ था।

इकबाल भी चुप था, और उसकी तरह वह खटका भी, पर चुप हो जाने से अस्तित्व नहीं मिटता—दोनों का अपना-अपना अस्तित्व था। इकबाल का एक छुपी हरकत की तरह,और खटके का छुपी हरकत को झांककर देखने वाले की तरह।

आज घर में इकबाल की पत्नी नहीं थी, न कोई नौकर; पर उन लोगों ने मानो घर से परे जाकर भी इकबाल को अपने अस्तित्व की याद दिलाना जरूरी समझा था—चाहे एक छोटे-से खटके की सूरत में ही।

इकबाल ने एक गहरी सांस ली और अपने-आपको अपने अकेलेपन का विश्वास देता हुआ बन्द कमरे के टूटे हुए जादू को फिर जगाने की चेष्टा करने लगा।

पर उसके मन की सारी एकाग्रता भूमि पर ऐसे गिर गई थी, मानो चोरी से खींची जा रही शराब गिर गई हो, और अब केवल हवा में उसकी महक रह गई हो, जिसे न गिलास में डाला जा सकता था,और न जिसका घूंट भरा जा सकता था · · ·

इकबाल को एक बड़ी कड़वी-सी हंसी आई और खाली कैनवस की ओर देखकर कहने लगा, 'देखो उर्सिला ! तुम्हारी सारी यादें जाली नोटों की तरह हो गई · · ·अब मैं अकेले बैठकर चाहे कितने ही नोट छाप लूं, ये मेरी दुनिया में नहीं चल सकते · · ·'

इकबाल परेशान-सा कमरे के बाहर आ गया और दोनों ओर के कमरों की ओर इस प्रकार देखने लगा, मानो अभी वह घर में चोरी करके घर से बाहर निकलने का रास्ता खोज रहा हो · · ·

एक बड़ी-तेज-सी नफ़रत की गंध इकबाल के सिर को चढ़ गई—और सिर को ऐसे चक्कर आया कि उसक हाथ पास की दीवार का सहारा लेता हुआ कांप-सा गया · · ·

क्या नफरत की भी गंध होती है? उसे विचार आया—और वह साथ ही सोचने लगा—यह नफरत घर की दीवारों से उठ रही है या उसके अपने शरीर में से?

हर जगह की अपनी विशेष गंध होती है—सोने के कमरे की अजीब गर्म-सी गंध, और बैठक की कुछ ठंडी और ऊपरी-सी, और हर शरीर की अपनी-अपनी—इतनी कि किसी शरीर के मांस को अपने शरीर से सूंघने को जी करता है, और किसी को···

पर आज मानो सारी दुनिया की गंध एक जैसी हो गई हो—इकबाल को लगा—इस घर की, घर की हर चीज की, और घर में खड़े हुए उसके अपने शरीर की···

इकबाल ने जोर की एक सांस लेकर हवा को सूंघा, और फिर जोर से हंसते हुए सोचने लगा—नहीं, यह दुनिया की गंध नहीं है, न इस घर की, यह इस घर में मरे हुए एक कमरे की गंध है···

और साथ ही इकबाल को एक भयानक खयाल आया—और तीन दिन के बाद, जब देश से बाहर जाते समय वह इस घर को छोड़ देगा, क्या यह मरा हुआ कमरा—समुद्र पार, वहां के नये घर में रहने के लिए उसके साथ चला जाएगा?

इस समय इकबाल जहां खड़ा था, वहां से दायें हाथ की बैठक के शीशे वाले दरवाज़े में से बाहर के बरामदे का कुछ हिस्सा दीख रहा था; वहीं, जहां आज सवेरे का अखबार पड़ा हुआ था···और दूर से औंधे-से पड़े हुए अखबार की ओर देखते हुए इकबाल को लगा—मानो आज के अखबार का पहला शीर्षक हो कि आज एक जीवित व्यक्ति एक मृत कमरे में से बरामद हुआ है···

फिर न जाने किस समय इकबाल के सामने किसी ने अखबार रखा—और इकबाल ने देखा—एक खबर के गिर्द पेन्सिल से कीरमकाटे-सी लकीरें खिंची हुईं थीं···

इकबाल ने चौंककर कई वर्ष परे बैठी हुई उर्सिला की ओर देखा, और पूछा, 'इस खबर के गिर्द तुमने पेन्सिल से लकीरें क्यों खींची हैं?'

उर्सिला का चेहरा बहुत उदास था, 'बोली, खबर के गिर्द नहीं, बेकारी के गिर्द, मजबूरी के गिर्द···'

'किसकी मजबूरी?' उसने पूछा।

और उर्सिला ने कहा, 'जिसे एक रोटी चुराने के जुर्म में आज एक महीने की क़ैद हुई है।'

'तुम उसे जानती थीं?'

और उत्तर में उर्सिला मुस्करा दी, 'पहले नहीं जानती थी, पर अब जानती हूं। कल रात मैंने उसके भूखे बच्चों को देखा था, और बच्चों की मां को···उस समय, जब उसे जेल ले जा चुके थे···' और उर्सिला ने कहा, अखबारों में हमेशा अधूरा सच होता है···देख लो, चोरी की बात वे सबको बता रहे हैं, मजबूरी की बात किसी को नहीं बताएंगे···'

उर्सिला उसी प्रकार वर्षों की दूरी पर खड़ी रही, केवल यह बात इधर आकर इकबाल के पास खड़ी हो गई।

इकबाल ने घबराकर गुसलखाने का पानी खोला और कई बार अपनी आंखों को धोया। न जाने आंखों से बीते दिनों को धोने के लिए, या आज के दिनों को धो-मिटाकर बीते दिनों को अच्छी तरह देखने के लिए।

अचानक उसकी आंखों में एक स्पष्टता-सी आई—रेगिस्तान के रेतों को चीरती हुई, और उसके बचपन और जवानी वाले उसके पहाड़ी गांव के पत्थरों तक पहुंचती हुई।

सनाई के मरुस्थल की वह रस्म, जिसमें किसी की निजी खुशी बेगानों-परायों की मेहनत को भी अपनी छाती में समेट लेती हैं, और उसके पहाड़ी गांव

की उर्सिला, जो किसी बेगाने को एक महीने की कैद होने की उस खबर के गिर्द काली लकीरें खींचती है।

लाखों मीलों का फासला तय करके—मानो मानव मन के दोनों सिरे एक ही स्थान पर जुड़ जाते हैं· · ·इकबाल चकित-सा आंखों में आई हुई इस स्पष्टता को देखने लगा।

स्पष्टता की रेखा एक ही थी—केवल उर्सिला के दो चेहरे थे—एक होते हुए भी दो चेहरे, एक शरीर पर धारण किए हुए अरबी वस्त्र की ओर झुका हुआ और अपने होने वाले पति की चादर में लिपटा हुआ लाल और लजाता हुआ चेहरा, और दूसरा आंखों के आगे अखबार रखकर परायी भूख से तड़पता हुआ उदास चेहरा।

और उर्सिला इकबाल के जन्म और लालन-पालन की भूमि से लेकर लाखों मील दूर अरब के मरुस्थलों तक फैल गई।

दोनों सिरे बहुत दूर थे, हाथ कहीं नहीं पहुंच सकता था; और बीच में—वह सारा आडम्बर था, जिसे लोग घर-संसार कहते हैं।

पर तोलिये से आंखों और माथे को पोंछते हुए इकबाल को लगा कि बीच में वह जो कुछ था, वह केवल कुछ धब्बों जैसा रह गया है, शायद पोंछा जा सकता है।

और इकबाल के शरीर पर थोड़ी-सी धूप निकल आई।

उसने किचन में जाकर गैस का चूल्हा जलाया और पानी की केतली चूल्हे पर रख दी। सिंक में रात की कॉफी का प्याला उसी तरह बिन-धोया पड़ा था। बराबर चाहे शीशे की पट्टी पर और प्याले रखे थे, पर वह सिंक में पानी की टोंटी खोलकर रात वाले प्याले को ही धोने लगा।

केतली का पानी अभी उबला नहीं था। उसने स्वाभाविक तौर पर आग को तेज करने के लिए जब जोर से फूंक मारी, गैस की आग बुझ गई और गैस की अजीब-सी गन्ध उसके सिर में चढ़ गई।

ठिठुरते हुए हाथ से दियासलाई से फिर गैस को जलाते हुए इकबाल ने अपने माथे में एक उस बहुत पुराने दिन को ज़ोर से झंझोड़ा, जब कॉलिज की पिकनिक वाले दिन झरने के पत्थरों के पास बैठकर, जंगल की कुछ सूखी टहनियों को इकट्ठा करके उर्सिला ने चाय बनाने के लिए आग जलाई थी और वह आग को बनाए रखने के लिए, नई टहनियों को जलती हुई टहनियों के साथ लगाता हुआ आग को बार-बार फूंक मारता रहा था।

एक बुझी हुई लकड़ी का धुआं उसकी आंखों में लगा था। न जाने किस तरह का धुआं था कि आज वर्षों बाद इकबाल को याद आया तो उस धुएं से उसकी आंखों में पानी आ गया।

कॉफी का प्याला बनाकर जब इकबाल अपने कमरे में आया, उसे अचानक कल देखी हुई वह पेण्टिंग याद आ गई, जिसमें लाल परों वाले सिर का वह पंछी था, जो मानव-जाति के लिए देवताओं के घरों से आग चुराकर लाया था, अपने सिर पर रखकर, जिसके कारण उसके सिर के पर सदा के लिए लाल हो गए थे···

इकबाल को लगा—वह कल का सच था, आज का सच उसके उलट है।

और एक पेण्टिंग की तरह उसने अपनी शक्ल शीशे में देखी, और शीशे की ओर उंगली से इशारा करते हुए, मानो अपने कानों से कहने लगा—'पर यह वह इन्सान है, जो देवताओं के यहां से धुआं चुराकर लाया है···'

कानों में एक खटका-सा सुनाई दिया—पीठ की ओर से।

उसने पीठ मोड़कर टाइलों की छत के नीचे, कच्चे आमों की चटनी कूटती हुई अपनी मां की ओर देखा।

मां के चेहरे को गौर से देखना चाहा, पर आंखों के आगे बीसों बरसों का धुआं फैल गया।

धुआं इधर था, मां के मुख से इधर, और मुख दूसरी ओर था।

उसने धुएं में हाथ मारा, हाथ से धुएं को परे करते हुए, सिलबट्टे के खटके से वह दिशा ढूंढने लगा, जहां मां लकड़ी की एक पटरी पर बैठकर हरी मिर्च और कच्चे आमों की चटनी पीस रही थी।

वह जब स्कूल से आकर, मां से रोटी मांगने के लिए दौड़ता हुआ रसोई की ओर जाता था, तब भी इस प्रकार हाथ से धुएं को आंखों के आगे से परे हटाया करता था।

और मां कहा करती थी, 'रे, कोई धुएं वाला कोयला पड़ा हुआ है चूल्हे में, चिमटे से पकड़कर निकाल दे !'

और उससे चूल्हे में से उठते हुए धुएं के गुबार में कहीं इधर-उधर पड़ा हुआ चिमटा नहीं मिलता था।

फिर मां के पांवों के नीचे पड़ी हुई लकड़ी की पटरी हिलती थी, मां ही उठकर धुएं में हाथ मारते हुए चिमटा ढूंढ़ लेती थी और चूल्हे में से धुएं वाले कोयले को निकालकर, चूल्हे पर तवा रख देती थी।

'कई बरस भी शायद धुएं वाले कोयले की तरह होते हैं···' वह सोचने लगा—'पर वह चिमटा, जिससे पकड़कर वह धुएं वाले कोयले को निकाल दे···' उसे हंसी-सी आ गई—'वह तो मुझे तब भी नहीं मिला करता था···'

उसे लगा—वह ज़िन्दगी के पन्नों का बस्ता लिए हुए अब भी किसी ड्योढ़ी में खड़ा हुआ है और सामने कई बरस धुएं वाले कोयलों की भांति सुलग रहे है।

उसे लगा—शायद वह सदा इसी प्रकार भूखा-प्यासा ड्योढ़ी में खड़ा रहेगा, कहीं दूर से हरी मिर्चों की और कच्चे आमों की महक आती रहेगी, और वह धुएं में हाथ मारता हुआ वह चेहरा सदा ढूंढ़ता रहेगा—जो धुएं के परले पार है।

कॉफी गर्म थी, पर धुएं से आंखों में पानी भर आया। इकबाल ने उंगली के पोर से वह पानी पोंछा तो कॉफी के गर्म घूंट ने भी उसके शरीर में एक ठंडी-सी कम्पन उतार दी।

उसके शरीर पर अभी तक वही कपड़े थे, जो उसने रात को सोते समय पहने थे—उसका हाथ आदत के तौर पर अलमारी में टंगे हुए अपनी उनी ड्रेसिंग गाउन की ओर बढ़ा; पर ड्रेसिंग गाउन को पहनते समय जब उसका हाथ स्वाभाविक ही उसकी जेब में गया—ऊनी गाउन की कुछ गर्माइश लेने के लिए, तो हाथ जैसे जेब में अटक गया—

एक जेब थी, जिसमें उर्सिला का हाथ था।

उस दिन पिकनिक से लौटते हुए जब बहुत ठंड उतर आई थी · · · उस दिन उर्सिला को हलका-सा बुखार हो गया था। उसके पास कोई गर्म कपड़ा नहीं था। उसकी एक सहेली ने अपना कोट उतारकर जबरदस्ती उसे पहनाया था, जिसकी दाईं ओर की जेब में उसने अपने दायें हाथ को गर्म कर लिया था, पर उसकी बाईं ओर चलते हुए, उसके बायें हाथ को इकबाल ने पकड़कर अपने कोट की जेब में डाल लिया था।

और उर्सिला ने जब अपने घर के पास की सड़क के पास आकर उधर मुड़ना चाहा था—'अच्छा, इकबाल ! इस मोड़ से मुझे पास पड़ेगा, मैं · · ·'

और उसकी बात को बीच में काटकर इकबाल ने कहा था, 'अकेली जाओगी ? अच्छा · · ·'

पर उसका हाथ इकबाल की जेब में था, जिसे 'अच्छा' कहकर भी उसने पकड़ रखा था।

और वह उसी तरह खड़ी रह गई थी।

'जाओ · · ·'

'हाथ · · ·'

'यह मेरी जेब में रहेगा · · ·'

और वह जोर से हंस पड़ी थी। कहने लगी, 'अच्छा, फिर मैं हाथ के बिना चली जाती हूं; पर यह बताओ, तुम इसका क्या करोगे?'

'जेब में डाले रखूंगा।'

'कितने समय तक?'

'हमेशा · · ·'

'और जब कोट धोने के लिए दोगे?'

'धोने के लिए दूंगा ही नहीं · · ·'

'और जब कोट पुराना हो जाएगा?'

'यह पुराना होगा हो नहीं · · ·'

'और जब · · ·'

'चुप क्यों हो गई?'

'अगर बुरा मानोगे तो नहीं कह सकूंगी · · ·'

'कह दो · · ·'

'जब वह ज़मींदार की बेटी तुम्हारी जेब की मालकिन हो जाएगी, तब?'

ज़मींदार की बेटी के साथ होने वाले इकबाल के रिश्ते की बात सारी हवा में थी, वह जानता था, पर उसने जेब में अपने हाथ में लिया हुआ उर्सिला का हाथ जोर से भींच लिया · · ·

पर ऐसे, जैसे उसने अपने हाथ के लिए उर्सिला के हाथ का सहारा लिया हो।

कहा, 'वह मेरा सपना नहीं है, उर्सिला।'

उसने जो कहा था, सच कहा था। उर्सिला के सिवाय दुनिया की कोई लड़की उसका सपना नहीं थी। ज़मींदार की बेटी सिर्फ उसके माता-पिता का सपना थी···

उर्सिला ने गौर से उसके मुंह की ओर देखा, अपलक देखती रही···

फिर धीर से बोली, 'बेटों के चेहरे में माता-पिता की छवि होती है न···'

'कुछ नैन-नक्श विरसे में मिलते हैं···'

'घर-ज़मीन भी विरसे में मिलते हैं···'

इकबाल को अनुमान नहीं हुआ कि वह क्या कहना चाहती है, इसलिए चुप-सा रह गया।

उर्सिला ने ही फिर कहा, 'मेरा खयाल है, सपने भी विरसें में मिलते हैं···'

'नहीं !' और वह हंस पड़ा। कहने लगा, 'अभी सपनों की वसीयत करने वाले कागज नहीं बने।'

वह भी हंस पड़ी थी। कहने लगी, 'इसका जवाब दे सकती हूं, पर दूंगी नहीं।'

'क्यों?

वह फिर हंस पड़ी थी। कहने लगी, 'कई बातें ऐसी होती हैं, जिन्हें लफ़्ज़ों की सज़ा नहीं देनी चाहिए।'

और पांवों की भांति बात भी खड़ी हो गई।

फिर जब उसने जाने के लिए पांव उठाया, तो उसकी बांह खिंच-सी गई ।

'जाओ। पर यह हाथ यहीं रहेगा, मेरी जेब में···मंजूर?'

'हां, मंजूर · · · हाथ के बिना चली जाऊंगी।'

बहुत-बहुत दिन उस क्षण में समा गए थे। इकबाल ने अपनी जेब में उर्सिला के हाथ को ढककर, छिपाकर पकड़ रखा था · · · और ज़िन्दगी का एक टुकड़ा सचमुच उसकी जेब में पड़ा रहता था।

फिर न जाने कब, किस तरह, वह कोट मर गया।

और वह कोट मरकर उसके विवाह के जामे की जून में पड़ गया · · ·

ज़मींदार के घर की दौलत पांवों के आगे बिछी, पर इकबाल ने जेब में हाथ डालते हुए देखा, जेब हाथ से खाली थी।

खाली जेब ने इकबाल की ओर देखा।

'मैंने उस हाथ को बेच दिया।' उसने धीरे से जेब से कहा।

जेब ने चकित होकर उसकी ओर देखा—मानो धुर तक, अपनी सीवनों तक, अपने खालीपन को दिखाते हुए पूछ रही हो, ' पर किस कीमत पर?'

इकबाल जोर से हंसा, मानो आंखों तक भर आए रोने को रोक रहा हो। कहने लगा, 'कई बातें ऐसी होती हैं कि उन्हें लफ्ज़ों की सज़ा नहीं देनी चाहिए · · · '

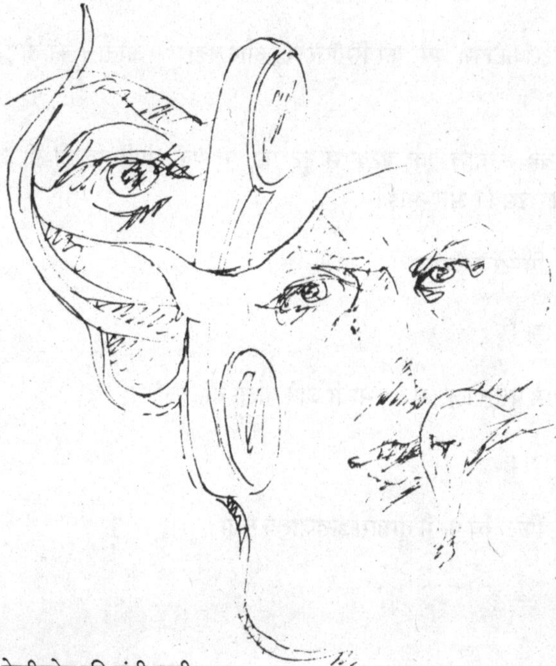

टेलीफोन की घंटी बजी···

इकबाल ने चौंककर मशीन के उस काले से टुकड़े की ओर देखा—जो उसके चारों ओर की दुनिया ने उसके सोने वाले कमरे में भी एक लम्बे हाथ की तरह रखा हुआ था।

घंटी फिर बजी।

इकबाल ने टेलीफोन के तार की ओर घबराकर देखा, मानो वह मांस की लम्बी बांह हो, जिसका हाथ उसकी छाती के बिल्कुल अन्दर तक पहुंच रहा हो।

घंटी बजे जा रही थी।

मानो कोई दीवार में लगातार छेद के किए जा रहा हो।

कोई हथौड़ी मानो एक ताल में बंधी हो।

उसका हाथ घबराकर रिसीवर की ओर बढ़ा··· आवाज़ को तोड़ देने के लिए।

वह आवाज़ एक झटके से टूट गई, पर एक धीमी हलकी-सी आवाज़ सरककर उसकी ओर आई :

'मिस्टर इकबाल ?'

'हां।'

'मैं पुरी बोल रहा हूं। भाभी जाने वाली थीं, चली गईं?'

'हां।'

'फिर लंच पर मैं तुम्हारा इन्तज़ार करूंगा।

इकबाल को लगा, मानो एक दिन की मोहलत भी गैरकानूनी हो, और कोई हाथ में सर्चलाइट लेकर उसे, एक दिन की गुफा में बैठे हुए को, ढूंढ रहा हो।

'हैलो···हैलो···आवाज़ नहीं आ रही है···'

'नहीं पुरी ! मैंने लंच के लिए कहीं 'हां' की हुई है···'

'फिर रात को सही, डिनर मेरे साथ···'

'नहीं··· रात को भी कहीं 'हां' कर चुका हूं···'

टेलीफोन के तार में से गुज़रती हुई एक हंसी-सी इकबाल के कानों को छू गई, 'फिर तो मामला सीरियस मालूम होता है !'

'नहीं पुरी !'

'भाभी आएंगी तो सारी रिपोर्ट तैयार रखूंगा · · · सच बताओ, किसी लड़की के साथ लंच का इक़रार है?'

पुरी की चिन्ता का, मानो पुरी की चिन्ता में ही इकबाल ने उत्तर दिया, 'हां।'

'और डिनर भी उसी के साथ?'

'हां।'

टेलीफोन क़ा तार ज़ोर से हंसा, 'यार! अब हमारे देश से जाते हुए क्यों हमारे देश की एक लड़की को रोने के लिए छोड़ जाओगे?'

'तुम कमाल हो पुरी !'

'क्यों?'

'अभी तुम किसी भाभी के साथ हमदर्दी कर रहे थे, और अभी तुम्हें किसी और से हमदर्दी हो गई !'

'यार! फ्लोर क्रॉसिंग तो हमारे बड़े-बड़े नेता कर लेते है · · · अच्छा, उस एक दिन की मलिका को हमारा सलाम कहना !'

इकबाल ने टेलीफोन का प्लग खींचकर निकाल दिया।

एक राहत-सी हुई कि अब बाहर की कोई आवाज़ अन्दर नहीं आएगी।

पर टूटी हुई चुप को फिर से जोड़ते हुए उसे खयाल आया, 'मैंने पुरी से झूठ क्यों कहा कि आज का लंच किसी लड़की के साथ · · ·'

और साथ ही उसे लगा, 'यह पूरा झूठ नहीं है · · · दूर से देखने में झूठ लगता है, पर पास से देखने पर यह झूठ नहीं है · · ·'

आज कॉफी का प्याला पीते हुए उर्सिला उसके पास थी· · ·

और दोपहर के खाने के समय भी· · ·

इकबाल को लगा—आज मानो वह सच और झूठ के बीच कहीं खड़ा हुआ है, यह नहीं मालूम कौन-सी जगह है—एक नई जगह, सच और झूठ के बीच।

इस जगह की बात उसने एक बार सुनी थी। उर्सिला ने सुनाई थी, जब कॉलिज में एक डिबेट हुई थी।

बीते हुए क्षण धीरे से सरककर कमरे में आ गए।

डिबेट का विषय—'विल-पावर'[१]।

'उर्सिला ! तुम विल-पावर के पक्ष में बोलोगी, मैं भी पक्ष में बोल रह हूं· · ·'

'नहीं, मैं पक्ष में नहीं बोलूंगी।'

'क्यों?'

'क्योंकि उसके पास तुम्हारे जैसा तगड़ा वकील है, उसे मेरी जरूरत नही है।'

'यह मज़ाक क्यों?'

'मज़ाक नहीं· · ·'

मज़ाक ही तो था—उर्सिला ने अपनी विल-पावर से क्या नहीं किया? ननिहाल की दया पर पली है, तब भी किसी की मर्ज़ी न होते हुए भी कॉलिज में पढ़ रही है। फीस का बहुत बड़ा सवाल सामने आया था तो उसने 'स्कॉलरशिप' लेकर उस सवाल का हल निकाल लिया था। फिर· · ·फिर उर्सिला ऐसे क्यों कह रही है?

---

१. आत्मशक्ति

कॉलिज का हाल भरा हुआ है।

डिबेट का एक पलड़ा भारी हो रहा है। विल-पावर के पक्ष वाले बड़े उत्साह में हैं, उनके तर्क जवानी के गर्म लहू में भीगे हूए हैं, और उनकी कसी हुई बांहे सीधे भविष्य के सीने को छूती हुई प्रतीत होती हैं।

इकबाल सोच में पड़ा हुआ है। उर्सिला जानबूझकर एक उदास और हारे हुए पक्ष की ओर क्यों जा बैठी है? क्यों?

परन्तु उर्सिला का चेहरा उदास नहीं है, केवल गंभीर है—और स्टेज पर जाकर बैलनेवाले हर किसी को सुनते हुए, वह सुननेवालों की तालियों के साथ अपनी तालियां भी मिला रही है।

मानो अपने पक्ष के विपरीत बोलने वालों को दाद दे रही हो।

'यह उर्सिला आज अपने विरुद्ध क्यों है?'

इकबाल ने कल लाइब्रेरी में बैठकर इन्सान के मन की शक्ति पर कितने ही हवाले एकत्र किए थे, वे बारी-बारी स्टेज पर सबके सब दोहरा रहा है और फूलों से लदी हुई मेज़ के पास रखी हुई कुर्सियों पर बैठे तीनों जज उसे सुनते हुए अपने कागज़ों पर कुछ नोट ले रहे हैं···और सुननेवाले तालियों से हॉल की खामोशी को बार-बार तोड़ रहे हैं···उर्सिला भी···

हॉल में एक विश्वास-सा फैल गया है कि आज की डिबेट का चमकता हुआ विजयी पक्ष इकबाल के हाथों को छूने वाला है।

अब उर्सिला की बारी है।

कमरे में खामोशी के साथ-साथ एक संशय-सा भी फैल गया है। ऐसा प्रतीत होता है, मानो अचानक कमरे की तेज रोशनी माद्धिम हो गई हो।

उर्सिला की आवाज़ आ रही है—दीवारों से टकराकर गूंजती हुई नहीं, केवल कानों को छूकर हवा की तरह सरकती हुई सी।

'अभी, यहां, इसी जगह पर खड़े होकर जो भी बोलते रहे, वे मुझे ज़िन्दगी के छोटे-छोटे टुकड़ों की तरह लगते रहे···'

उर्सिला आखिर क्या कहना चाहती है? इकबाल हैरान है, 'इस तरह खड़ी हुई है, मानो अपने खिलाफ गवाही देने के लिए खड़ी हो···'

पर उर्सिला उसकी ओर नहीं देख रही है—सामने शून्य में देख रही है। कह रही है, 'उन्होंने जो कुछ कहा, सच है, परन्तु पूरा सच नहीं, और अधूरा सच बहुत खतरनाक होता है।'

कमरे की हवा मानो अपनी सांस रोककर खड़ी हो।

उर्सिला कह रही है, 'दुनिया कितने देशों में बंटी हुई है, सवाल यह नहीं है, सवाल यह है कि दुनिया सिर्फ दो टुकड़ों में बंटी हुई है—एक टुकड़ा वह है, जो हुकूमत करता है और दूसरा वह, जिसपर हुकूमत की जाती है।'

उर्सिला किस ओर चल दी है···इकबाल को लगा—मानो वह एक बन्द गली की ओर जा रही हो।

उर्सिला लफ़्ज़ों से कोई रास्ता खोजते हुए कह रही है—'पर दोनों में से स्वतन्त्र कोई नहीं है···देखने में केवल यह दिखाई देता है कि यह मालिक और गुलाम का रिश्ता है, जिसमें केवल गुलाम स्वतन्त्र नहीं है, मालिक स्वतन्त्र है। और यही मालिक की स्वतन्त्रता अधूरा सच है। मालिक अपने गुलाम का सबसे अधिक मोहताज है, क्योंकि यह केवल गुलाम का अस्तित्व होता है, जो उसे मालिक होने की हैसियत दे सकता है···अगर प्रजा ही न हो, तो कोई बादशाह कैसे बने? इस तरह बादशाह सबसे अधिक प्रजा का मोहताज होता है।'

आवाज़, कानों को छूकर, न जाने क्यों परे नहीं हो रही है। उसमें कुछ भारी-सा है, जो कानों से टकरा रहा है, कानों को मानो झिंझोड़ रहा हो।

'जिस तरह स्वतन्त्रता, कई जगहों पर अपने होने का भ्रम नहीं डालती, पर कई जगहों पर अपने होने का भुलावा डालती है, उसी तरह 'विल-पावर' भी कई जगहों पर अपने होने का भ्रम पैदा करती है—इन्सान को बदलने का, राजनीति को बदलने का। इससे मेरा यह मतलब नहीं है कि भुलावा नहीं खाना चाहिए।'

हॉल में धीमी-सी हंसी कुर्सियों के ऊपर से छलक गई और फिर झाग की तरह नीची हो गई।

उर्सिला कह रही है, 'दुनिया की एक बहुत प्यारी कविता है कि जो लोग दूर चमकती हुई रेत को पानी समझकर रेत में नहीं दौड़ते, वे जरूर बुद्धि मान होंगे; पर मैं उन्हें प्रणाम करता हूं, जो रेत में पानी का भ्रम खाते हैं और पानी की बूंद पीने के लिए सारी उम्र रेत पर दौड़ते रहते हैं।'

और उर्सिला किंचित् हंसते हुए से स्वर में कह रही है, 'एक कवि का यह प्रणाम वास्तव में भ्रम को नहीं, मनुष्य की प्यास को है, और प्यास का दूसरा नाम ज़िन्दगी है।'

हॉल में बैठे लोगों के चेहरे कुछ खिंच-से गए, जैसे वे सोच में पड़ गए हों।

उर्सिला सहज-सी कह रही है, 'किसी सच्चाई के 'होने' और 'दीखने' के बीच एक फासला होता है, जो अभी तक इन्सान ने तय नहीं किया है—जैसे खंडहरों में से कई बार बीती हुई सभ्यता के चिन्ह मिल जाते हैं, उसी तरह दस्तावेज में कई बार इतिहास के बीते हुए सच के टुकड़े मिल जाते हैं। और कल का विचार आज के विचार के आगे अचानक झूठा पड़ जाता है। देखा जाए तो यह धरती विवशताओं का एक लम्बा इतिहास है···'

फूलों से लदी हुई मेज़ के पास कुर्सियों पर बैठे तीनों जज कुछ हैरान-से उर्सिला की ओर देख रहे हैं। उनकी दृष्टि में कुछ बेचैनी-सी भी है···

पर उर्सिला का स्वर सहज है, 'हां, विल-पावर कुछ इतना काम आती है कि इन्सान अपने दर्द को अपनी ज़बान पर ला सकने की जगह अपने होंठों से पोंछ सकता है। उसे अन्दर अपने गले में उतार सकता है। इससे ज्यादा जो कुछ है, वह प्यास की करामात है, पानी की नहीं, और प्यास को जगाए रखने के लिए उस जगह पर खड़े होना जरूरी है, जो सच और झूठ के बीच में है, क्योंकि दुनिया के सब फैसले केवल वहीं खड़े होकर किए जा सकते हैं···विल-पावर से कुछ बन सकने ओर बदल सकने का फैसला भी केवल वहीं खड़े होकर···'

हॉल में जो लोग बैठे हुए थे, उन सबको मानो किसी ने कुछ सुंघा दिया

हो, इतना कि तारीफ के चिन्ह के रूप में ताली बजाने के लिए उठे हुए कुछ हाथ हवा में ही रह गए···

उर्सिला सहज ही हंस पड़ी है···कह रही है, 'शायद अपने शब्दों में मैं बहुत अच्छी तरह नहीं कह सकती, इसलिए एक चेक कहानी सुनाती हूं—कगलर नाम का एक आदमी था। कई हत्याएं कर चुका था, बहुत बदनाम था कगलर। हमेशा जासूस और पुलिस उसके पीछे लगे रहते थे। पर उसने जो नौंवी हत्या की थी, वह अपने बचाव के लिए एक पुलिसमैन पर गोली चलाई थी। वह पुलिसमैन भी मरते-मरते उसपर सात गोलियां चला गया था, जिससे कगलर मर गया ···खैर, वह दूसरी दुनिया में पहुंचा, परलोक में, और तीन जजों की खास अदालत में हाज़िर किया गया···'

सुननेवालों का कहानी से बंधा हुआ ध्यान ज़रा-सा छिटक गया···स्टेज पर बैठे हुए जजों की ओर देखकर हवा जैसे मुस्कराई हो, पर उर्सिला किसी के ध्यान को छिटकने का मौका नहीं दे रही है···कह रही है, 'मेज पर उसी तरह की फाइलें थीं, जैसी हमारी दुनिया में हमारी अदालतों में होती हैं—कि फर्दिनांद कगलर, बैरोजगार, अमुक तारीख को जन्मा···और अमुक तारीख···हां, उन फाइलों में उसकी मृत्यु की तारीख भी थी···

'मुख्य जज ने, हमारी अदालतों के जजों की तरह, ठंडी आवाज़ में पूछा—कगलर ! तुम अपने-आपको दोषी समझते हो या निर्दोष?

'कगलर ने कहा—निर्दोष।

'और जज की आज्ञा से उसकी गवाही मांगी गई।

'कमरे में गवाह आया, अजीबोगरीब सूरत, बुजुर्ग, तने हुए कंधे, बडे जलाल वाला चेहरा, और शरीर पर पहने हुए नीले चोगे पर बहुत चमकदार सितारे जड़े हुए···

'कगलर हैरान होकर गवाह के जलाल को देखने लगा, और वह और भी हैरान हुआ, क्योंकि तीनों जज उस गवाह के स्वागत के लिए उठकर खड़े हो गए···खैर, जब गवाह कुर्सी पर बैठ गया, तब जज भी अपनी कुर्सियों पर बैठ गए···

'फिर मुख्य जज कहने लगा—गवाह ! तुम सब कुछ जानते हो, जाननहार ! तुम परम सत्य हो, इसलिए तुम्हें सौगन्ध दिलाने की आवश्यकता नहीं है कि तुम जो के कहोगे, सच कहोगे··· इसलिए अब मुकदमे की कार्यवाही शुरू की जाती है···

'और मुख्य जज ने कगलर से कहा—अपराधी ! तुम किसी भी बात से मुकरने की कोशिश मत करना, क्योंकि गवाह सब कुछ जानता है···—खैर, जज ने ऐनक उतारी और आराम से कुर्सी की पीठ का सहारा लगाकर बैठ गया···

'वह जो गवाह था, उसने धीरे से कहना शुरू किया—यह कगलर बचपन से ही एक अक्खड़ लड़का था। अपनी मां को बहुत प्यार करता था; पर मां काम में फंसी रहती थी और लड़का मां का ध्यान आकर्षित करने के लिए दिनोंदिन जिद्दी बनता गया, इतना कि एक बार इसके पिता ने इसे थप्पड़ मारने की कोशिश की तो इसने पिता के अंगूठे को बड़े जोर से दांतों से घायल कर दिया···और गवाह ने कगलर की ओर देखकर कहा—फिर तुमने पहली चोरी की, तुमने किसी के बगीचे से गुलाब का एक फूल चुराया···

'हां, मैंने एक लड़की इरमा के लिए फूल चुराया था—कगलर ने कहा।

'गवाह हंस-सा पड़ा, कहने लगा—हां, मुझे मालूम है, इरमा जब सात बरस की थी···तुम्हें मालूम है, इरमा के साथ क्या हुआ ?

'कगलर चकित होकर गवाह की ओर देखने लगा, बोला—मैंने कई बार उसके बारे में सोचा, पर मुझे फिर पता ही नहीं चला कि इरमा कहां गई···

'गवाह ने बताया कि इरमा का एक रोगी आदमी से विवाह कर दिया गया था, और दुखी होकर वह कुछ दिनों बाद मर गई थी···

'कगलर चकित होकर गवाह के मुख की ओर देखता रहा। एक जज ने कुछ बेसब्री से गवाह से कहा—ऐ खुदा ! तुम सब कुछ जानते हो, पर यह सब ब्योरा हमें नहीं चाहिए, तुम सिर्फ कगलर के गुनाहों की बात करो।

'सो कगलर ने जाना कि खुद खुदा उसका गवाह है।'

हॉल में बैठे हुए सारे लोग बुत-से हो गए हैं, जज भी, ओर उर्सिला की कहानी आगे बढ़ रही है।

'गवाह हंस-सा दिया और बताने लगा कि कगलर की दोस्ती एक बूढ़े शराबी से हो गई, जो समय-कुसमय कगलर को खाना खिलाया करता था।

'कगलर से रहा न गया, बीच में ही बोल पड़ा—पर उसकी लड़की मेरी का क्या हुआ?

'खुदा ने बताया—मेरी मुश्किल से चौदह बरस की हुई थी,जब जबर्दस्ती उसकी शादी कर दी गई ओर बीसवें बरस में वह मर गई· · ·मृत्यु के समय तुम्हें बहुत याद कर रही थी· · ·

'कगलर ने बहुत उदास होकर खुदा से पूछा—मैं तो चौदह बरस की उम्र में घर से भाग गया था, मेरी मां का क्या हुआ? मेरी बहन का? मेरे बूढ़े बाप का?

'खुदा ने बताया—चिन्ताओं के कारण तुम्हारे पिता की मृत्यु हो गई और मां की आंखें रो-रोकर जाती रहीं। गरीबी के कारण तुम्हारी बहन का विवाह नहीं हो सका, इसलिए वह लोगों के कपड़े सीकर निर्वाह करती है ।

'मुख्य जज ने गंभीरता से टोका—ऐ खुदा ! मुकदमे की कार्यवाही करनी चाहिए—यह बताओ कि अपराधी ने कितनी हत्याएं कीं?

'गवाह बताने लगा—इसने नौ हत्याएं कीं। पहली हत्या एक दंगे-फिसाद में इसके हाथों अनजाने हो गई थी, जिसके लिए इसे जेल में डाला गया था। जेल में यह बहुत बिगड़ गया। बाहर आकर इसने दूसरी हत्या अपनी बेवफा प्रेमिका की की। तीसरी, चोरी करने के बाद उस बूढ़े आदमी की, जिसके यहां इसने चोरी की। चौथी हत्या रात के एक पहरेदार की। पांचवीं और छठी हत्याएं एक बूढ़े आदमी और उसकी औरत की, जिनके यहां चोरी करने से इसे केवल सोलह डॉलर मिले थे, जबकि उनके पास बीस हजार डॉलर थे· · ·

'कगलर ने हैरान होकर पूछा—बीस हजार डॉलर? वे कहां रखे हुए थे?

'खुदा ने बताया—उसी चटाई में, जिसपर वह सोए हुए थे—और कहा—सातवीं हत्या इसने अमरीका में अपने एक हमवतन की की थी, और आठवीं एक रास्ता चलते आदमी की, जो पुलिस से भागते हुए इसके रास्ते में आ गया था··· और नौवीं हत्या उस पुलिस वाले की, जिसने इसपर गोलियां चलाईं, और इसने उसपर···

'अपराधी ने इतनी हत्याएं क्यों कीं?—एक जज ने पूछा।

'फिर खुदा कगलर की ओर देखकर कहने लगा—कुछ पैसों के लिए, कुछ गुस्से में आकर, कुछ अचानक हो गईं···खैर, यह उदार हृदय भी बहुत था, समय-समय पर लोगों की सहायता भी कर दिया करता था···बड़े कोमल स्वभाव का था, इसलिए स्त्रियों के साथ इसका व्यवहार अच्छा था···वादे का यह पक्का था, किसी से जो कहता था, सदा···

'एक जज ने खुदा को टोक दिया कि इस विवरण की आवश्यकता नहीं है। और फिर तीनों जज कगलर की फाइल पर गौर करने के लिए बराबर के कमरे में चले गए···

'अब कगलर और खुदा कमरे में अकेले रह गए तो कगलर ने हैरान होकर खुदा से कहा कि मेरा खयाल था कि इस दूसरी दुनिया में सारे फैसले तुम स्वयं करते होगे, पर यहां भी यही लोग फैसले करते हैं···क्यों?

'और खुदा कुछ उदास होकर कहने लगा—हां कगलर! इन्सान के कामों का फैसला इन्सान ही कर सकते हैं··· मैं पूरा सच जानता हूं, और जब पूरा सच जान लिया जाता है, तब किसी के गुण-अवगुण का फैसला नहीं किया जा सकता···ये इन्सान अधूरा सच जानते हैं, इसीलिए सजा का फैसला कर सकते हैं···'

उर्सिला ने एक ठंडी-सी सांस ली है, इतनी ठंडी कि सारे हॉल में हलका-सा कम्पन फैल गया है।

वह कह रही है—'हम सब अधूरे सच के योग्य हैं, हम अपनी विल-पावर से दुनिया बदल सकते हैं—यह एक मोहक भ्रम है, जो केवल अधूरे सच से ही स्थापित रखा जा सकता है। मैं यह बिलकुल नहीं कहना चाहती कि भ्रम नहीं

रखना चाहिए, क्योंकि भ्रमों के बिना ज़िन्दगी को जिया नहीं जा सकता··· केवल यह कहना चाहती हूं कि इन भ्रमों को अन्तिम सच कह देना मनुष्य की कोई जीत नहीं है···'

और उर्सिला स्टेज से उतर रही है ।

हॉल में उपस्थित सभी जन हाथ हिलाना भी भूल गए हैं और कुर्सियों से उठना भी।

तीन कुर्सियों पर बैठे हुए तीन जज मानो घड़ी-भर के लिए कुर्सियों का अस्तित्व ही भूल गए हों। एक ने दाईं आंख के पास आए पानी को धीरे से उंगली से पोंछा है।

और ज़िन्दगी का तकाज़ा अचानक अस्तित्व में आ गया है—सारा हॉल तालियों से गूंज उठा है। जजों ने एक-दूसरे की ओर देखा है—फिर उनमें से एक ने उठकर स्टेज से परे जाती हुई उर्सिला का नाम पुकारा है।

एक नाम एक हॉल में गूंजकर खुले दरवाज़े से बाहर चला गया है।

दूर घाटियों में···

दूर पहाड़ियों के पीछे···

समय के भी परे···

इकबाल कमरे में सुनन-सा रह गया है।

बीता हुआ समय कुछ क्षणों के लिए कमरे में आया और चला गया।

शायद उसी खिड़की से आया था—इकबाल ने चकित-सी आंखों से अपने इर्द-गिर्द देखा—वह, जो एक बन्द कमरे की खिड़की उसने सवेरे के उजाले के साथ खोली थी।

इकबाल ने कॉफी का गर्म प्याला बनाया और किचन के ऊंचे स्टूल पर बैठकर सामने पत्थर के स्लैब पर प्याला रखते हुए सोचा—एक समय था, जो मेरा हो सकता था, मेरे साथ पांव से पांत मिलाकर चलता हुआ। इस समय, यहां इस कमरे में आ सकता था···

कॉफी के एक प्याले की सी वास्तविकता।

रोटी के टुकड़े की सी वास्तविकता।

पर वह समय—

किसी नदी में गिर गया···पानी की तरह बह गया।

या शायद भूमि पर गिरकर एक पत्थर के समान हो गया।

और कॉफी के प्याले की ओर बढ़ा हुआ इकबाल का हाथ ठहरे हुए समय की भांति हो गया।

हाथों में कुछ फूल थे, और हाथ उर्सिला की ओर बढ़ा हुआ था।

उर्सिला के घर के मोड़ वाले मन्दिर की दीवार के पास। और कुछ आवाज़ें थी, जो अभी भी वहां हवा में खड़ी हुई थीं।

—इकबाल ! तुम··· यहां?···

—तुम्हें यह फूल देने के लिए···

—हार के फलसफे को फूल दिए जाते हैं?

—सच के अधूरेपन को देखना हार का फलसफा नहीं···

—पर उसे जीत भी तो नहीं कह सकते।

—जीतों और हारों को देशों की लड़ाइयों के लिए रहने दे ।

—फिर?

—केवल यह जानना चाहता हूं···

—क्या?

—कि इस उम्र में, उम्र के परे जो कुछ होता है, वह तुमने कैसे देखा है?

हवा में एक हंसी-सी भी ठहरी हुई है···

और ठहरे हुए समय के पास खड़ा हुआ इकबाल अब भी उसे सुन सकता है।

—इकबाल ! तुमने कभी वे लोग देखे हैं, जो खुद अपने जनाज़े के साथ चलते हैं ?

—नहीं उर्सिला !

—मैंने देखे हैं। शायद इसीलिए जो कुछ उम्र के परे है, वह देख सकती हूं।

—वे लोग ?

—इतिहास भरा हुआ है उन लोगों से—नहीं, यह इतिहास नहीं, जो हम स्कूल या कॉलिज में पढ़ते हैं।

—खंडहरों में दबा हुआ इतिहास ?

—हां, खामोशी के खंडहरों में दबा हुआ · · ·उसका कोई-कोई टुकड़ा-सा कभी खुदाई में निकलता है · · ·उसे भी लोग कभी ज़ब्त कर लेते हैं, पर कभी हवाओं में रुलता हुआ सा अचानक दिखाई दे जाता है। मैंने परसों एक ज़ब्तशुदा किताब पढ़ी थी · · ·

—ज़ब्तशुदा किताब ?

—एक जेल के कैदी की लिखी हुई।

—बहुत भयानक होगी ?

—हां, बहुत भयानक · · ·उसमें मेरी उम्र की कई लड़कियों की वारदातें भी थी · · ·

—जेलों में डाली हुई लड़कियों की ?

—जेलों में केवल साधारण कैदियों की तरह नहीं · · ·और राजनीतिक कैदियों की तरह भी नहीं · · ·वे आम साधारण थीं, जिनके पास सिर्फ एक छोटे-से घर का सपना होता है, छोटे-से रोज़गार का और इज्ज़त की रोटी का · · ·

—पर वह जेलों में?

—मैंने कहा था न—दुनिया दो हिस्सों में बंटी हुई है, एक को आदेश देने का अधिकार होता है, दूसरे को लेने का··· वह जिन अफसरों की नजर चढ़ी —और उनके आदेश का उल्लंघन कर दिया···

और हवा में ठहरी हुई हंसी इकबाल के कानों को छूती रही···

—साधारण लड़कियों की साधारण घर बसाने की विल पावर···

—और अफसरों ने उन्हें राजनीति के जाल में फंसाकर जेलों में डलवा दिया। सिर्फ इतना ही नहीं, जेलों के दारोगाओं को हुक्म मिला कि उन्हें जेल के अफसरों की वेश्याएं बना लिया जाए। इकबाल! ये कुछ वे लोग होते हैं, जो अपना जनाज़ा आप देखते हैं।

—पर उर्सिला···

—तुम कहोगे, मैं उन लड़कियों में अपनी शक्ल क्यों देखती हूं? वे, वे थीं, मैं नहीं··· ।

और हवा में अभी तक उर्सिला की आवाज़ की तरह इकबाल की खामोशी भी ठहरी हुई है···

उर्सिला की आवाज़ है —मैंने उन्हें आंखों से नहीं देखा, लेकिन उन्हीं जैसी अपनी मां को आंखों से देखा है।

—मां को?

—मां जब कुंआरी थी, उसपर कोई रीझ गया था। बडे तगड़े घर का आदमी था। उस गांव का राजा कहलाता था। और मां ने भी वही अपराध किया, जो उसकी श्रेणी के लोगों को नहीं करना चाहिए। जिद ठान ली कि वह

मर जाएगी, पर उस घर नहीं जाएगी। मां की आंखों में भी एक छोटे-से घर का सपना था।

—वह सपना?

—पूरा हुआ, पर एक क़र्ज़ की तरह···

—क़र्ज़ की तरह?

—हां। घर बना, मर्जी का मर्द भी मिला, और एक बच्चा भी···यानी मैं ···पर इस दुनिया का क़र्ज़ बढ़ता गया।

—उर्सिला!

—जगबीती नहीं, आपबीती कह रही हूं। मैं सात बरस की थी, इसलिए जो आंखों से देखा था, वह आंखों में पड़ा रहेगा। उस समय जब क़र्ज़ लेने वाले लोग आए थे···बहाने से आए थे कि मेरे पिता को घोड़ी से गिरकर बहुत चोट लगी है, और मां उसके घावों की पीड़ा से चीखकर, उन लोगों के साथ चल दी थी।

—यह उसी गांव के राजा कहलाने वाले का बदला था?

—हां, और यह बदला उसने अपनी हवेली में बैठकर लिया···

—और मा?

—जब आधी रात को हवेली के बाहर निकाल दी गई— साधारण औरतों के बड़े साधारण संस्कार होते हैं, इकबाल!···वह टूटा हुआ सपना लेकर साबुत घर में नहीं लौट सकती थी, वह नदी में डूबकर मर गई। वह आप अकेली अपने जनाज़े के साथ गई थी।

वहां, मंदिर की दीवार के पास, इकबाल की एक खामोशी है, जो पत्थर बनकर धरती पर गिरी थी, और अभी तक वहां एक पत्थर की तरह पड़ी हुई है।

उर्सिला की आवाज़ भी वहां ही खड़ी हुई है।

फिर मैंने अपने पिता को अपने जनाज़े के साथ जाते हुए देखा। ओर कोई बदला उसके बस का नहीं था, और न उसने लिया, पर एक बदला उसके बस में था—जिस दुनिया ने उसकी औरत छीन ली थी, उसने उस दुनिया की ओर पीठ कर दी—साधु होकर उसने दुनिया तज दी।

—वह जीवित है?

—जीने और मरने का संबंध अपने ज्ञान के साथ होता है। अगर ज्ञान न हो तो दोनों चीज़ें एक समान हैं ।

—उर्सिला!

—इसीलिए अपनी उम्र से बहुत आगे आ गई हूं, इकबाल! और अब आशाओं और सपनों जैसी चीज़ों की ओर पीछे नहीं लौटा जा सकता· · ·

शायद इकबाल का हाथ कांप गया या कॉफी का प्याला अपने-आप कांप गया, वह स्लैब से नीचे गिरकर कई टुकड़ों में बिखर गया।

'वह समय अब कहीं नहीं· · ·' इकबाल के माथे की एक नस अपने लहू को कसती हुई सी माथे की चीस बन गई—'मैं बहुत दूर आ गया हूं· · ·लौटकर उस समय की ओर नहीं जा सकता· · ·'

आंखों के आगे से मानो मन्दिर की दीवार ढह गई।

केवल मलबा रह गया।

इकबाल किचन के स्टूल से उठा—मानो कोई बेहोश-सा इंसान मलबे के नीचे से निकला हो ।

पांव एक आदत में बंधे हुए उसे सोने के कमरे में ले गए, पर शरीर में एक अजीब-सी थकान थी—कदम लड़खड़ाते हुए से। वह अपने पलंग के पास आकर एक हाथ से उसकी पट्टी को पकड़ कर पलंग पर बैठ गया।

किसीने, एक मलबे का ढेर-सा, मानो उस परली जगह से उठाकर इधर इस ओर रख दिया हो।

एक गहरी और कठिन सांस लेते हुए इकबाल को अपने ऊपर आश्चर्य-सा भी हुआ—उर्सिला की मां नदी में डूब गई थी···यह बात मुझे ज्ञात थी··· परन्तु आज ऐसा क्यों लगा, जैसे यह बहुत भयानक बात···अभी अचानक मालूम हो।

ऐसे, जैसे आज इकबाल ने नदी में बहती हुई उसकी लाश देखी हो···

पलंग के पास रखी हुई शीशे की सुराही में से इकबाल ने पानी पिया, पांवों के तलुओं, तक एक ठंडी-सी लकीर खिंच गई।

आज जैसे बस कुछ दूसरी बार घट रहा हो ।

जैसे एक समय, दुनिया पर दो बार आया हो।

नहीं, शायद समय एक गुफा की भांति वहीं खड़ा है—केवल वह स्वयं दूसरी बार उस गुफा में से गुज़र रहा है।

आज···आज उर्सिला उसके पास से दूसरी बार खो गई है।

आज···आज उर्सिला की मां दूसरी बार मर गई है।

इकबाल ने अपने-आपको एक दीवानगी की खाई में उतरते हुए देखा। कुछ दिखाई नहीं दिया···केवल एक अंधेरा···धरती को खोदकर मानो एक अंधेरा गहरी जगह में छिपा हुआ हो।

मन के पत्थरों को चीरती हुई-सी एक चीख से इकबाल ने अपने पांव संभाले।

अपना हाथ पकड़कर वह खाई से कुछ बाहर आया और अपने ध्यान को संभालने के लिए कमरे की दीवारों और किताबों की ओर देखने लगा।

अलमारी से एक किताब उठाई, रखी—दूसरी को उठाया, रखा। ऐसे ही कुछ पन्ने आगे पलटे, कुछ पीछे, और उकताए हुए हाथों ने कितनी ही किताबें अलमारी के पास रखी हुई मेज़ पर बिखेर दीं।

—उर्सिला किताबों के बाहर है।

—उसकी मां की लाश भी किताबों के बाहर है।

वह, हाथों की भांति, उकताकर, मेज़ के पास इधर को आने लगा तो खयाल

आया—दुनिया में न जाने कितने लोग हैं, जो इस तरह मरते हैं, और भरी दुनिया में वे अकेले अपने जनाज़े के साथ जाते हैं···

हाथ जल्दी से इण्डैक्स की ओर बढ़े और उसमें वे आत्म-हत्या के इतिहास के पन्ने का नम्बर देखकर सुनहरी अक्षरों की एक किरमिज़ जिल्द की पुस्तक में से वह पन्ना निकालकर आत्महत्या का इतिहास पढ़ने लगा :

आत्महत्या के क्षेत्र में एक सौ वर्ष की खोज···

इकबाल के निचले होंठ के पास मुस्कराहट की एक लकीर-सी खिंच गई। 'मर्दुमशुमारी की तरह मरने वालों की पूरे आंकड़ों के साथ की गई खोज···'

ये आंकड़े अक्षरों में डूबने और तैरने लगेः

'कई देशों में दूसरे देशों के मुकाबले आत्महत्या की दर पांच गुना है।

'और देशों के मुकाबले में आयरलैंड के आंकड़े सबसे कम हैं···एक लाख की आबादी के पीछे केवल तीन व्यक्ति···।

'डेनमार्क, ऑस्ट्रिया और हंगरी में आत्महत्या करने वालों की गिनती सबसे अधिक है—लाख पीछे बीस से अधिक···

'फ्रांस, जर्मनी और स्वीडन में—पन्द्रह और बीस के बीच···

'इंगलैंड और अमेरीका में दस या बारह···

'स्पेन, इटली, नार्वे में पांच से लेकर दस तक···

'सबसे अधिक गिनती जापान में···'

और साथ ही इकबाल का ध्यान इन अक्षरों पर पड़ा—'यह गिनती बहुत अधूरी समझी जानी चाहिए, क्योंकि बहुत सारे मरने वालों के रिशतेदार इस वास्तविकता को छिपा जाते हैं।'

—उर्सिला ने मुझसे कुछ नहीं छिपाया, पर तब भी नदी में पड़ी हुई उसकी मां की लाश किसी गिनती में नहीं है।

हाथ में ली हुई पुस्तक का पन्ना कांप गया· · ·शायद इकबाल की एक गहरी-सी सांस उसे छू गई थी· · ·

शायद—दुनिया के सभी मरने वालों की आत्मा को छू गया था।

एक नदी का पानी उछलता हुआ सा किनारों को छू गया—न जाने मन की नदी का, या उस नदी का, जिसमें उर्सिला की मां की लाश थी· · ·

इकबाल की आंखों के सामने कुछ अक्षर फैल गए।

'आत्मघात के लिए हथियारों का इस्तेमाल प्राय: स्त्रियां नहीं करती हैं, केवल पुरुष करते हैं· · ·'

और इकबाल का मन पुरुषों के उन हथियारों के बारे में सोचने लगा, जो लोहे के नहीं होते।

—जिन वहशी हाथों से गांव के उस राजा कहलाने वाले आदमी ने उर्सिला की मां को मौत के रास्ते पर भेजा था, वह भी तो हथियार था; लोहे का नहीं,केवल वहशत का, ज़हरीले मांस का· · ·

और इकबाल के मस्तिष्क में एक विचार रक्त की बूंदों की भांति बहने लगा—'जिस हथियार से मेरा और उर्सिला का भविष्य मर गया, वह भी तो लोहे का नहीं था· · ·।'

इकबाल ने अपनी आंखों से अपनी ओर देखा—'वह हथियार मेरे पांव थे, जो जाना किधर चाहते थे, और चले किधर गए· · ·मेरी आंखें जो झुकी रह गईं मेरी जीभ जो चुप हुई तो चुप रह गई· · ·'

सब आंकड़े—पुस्तक के पन्नों में टूटने लगे···

विचार आया—'उन लोगों के भविष्य, जो आत्महत्या करते हैं, किसी गिनती में नहीं हैं···'

इकबाल थककर पुस्तक को परे रखने ही लगा था कि नज़र पड़ी—एक पन्ने पर दुनिया के जीने वालों ने मरने वालों के मौसम का भी ब्योरा लिखा हुआ है।

पढ़ने लगा :

'बहार का मौसम जब अन्त होने वाला होता है और गर्मी के शुरू के दिन जब पास आने वाले होते हैं, तब आत्महत्या करने वालों की गिनती सबसे अधिक होती हैं···'

इकबाल ने हाथ को एक झटका देकर किताब परे रखे दी। मन में विचारों की भीड़ हो गई—'एक मौसम घर-घरानों की इज़्ज़त का भी होता है—जब मन के सारे कोमल पत्ते झड़ जाते हैं···'

और इकबाल मन के सूखे हुए पेड़ के नीचे खड़े होकर अपनी उस टहनी की ओर देखता रहा, जिससे एक रस्सी बांधकर—आज से तीन बरस पहले—उसके भविष्य ने आत्महत्या की थी···

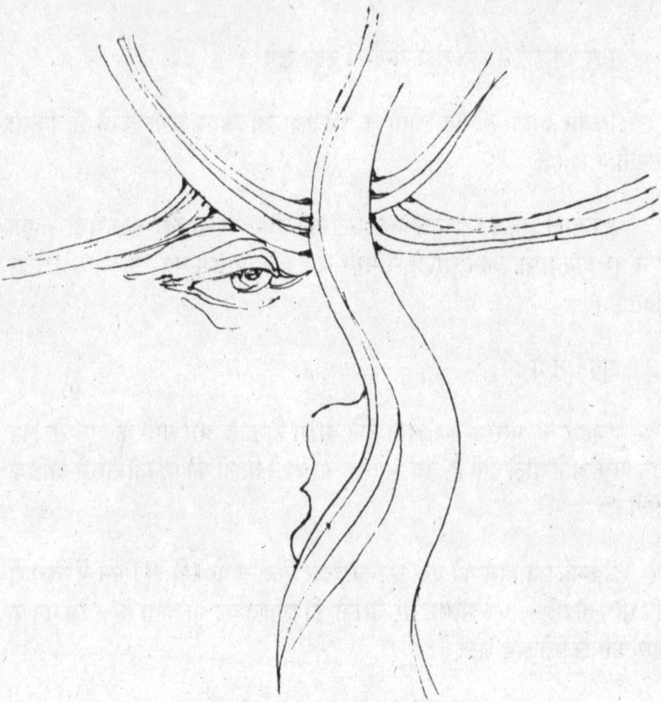

अचानक उसे लगा—दरवाज़े को कोई बाहर से अजीब तरह से खरोंच रहा ···

यह मानुषी हाथ का खटका नहीं था।

शायद अतीत का कोई खटका था, जो वर्षों से उसके कानों में पड़ा हुआ था और आज अचानक कानों में हिलने लगा था।

उसने एक चेतन यत्न किया, अतीत की ओर कान लगाने का—पर दूर बरसों तक एक सन्नाटा था।

अपने पुराने पहाड़ी गांव को ध्यान में लाया, पर खड्डों से उठने वाली धुंध गांव के मकानों पर इस तरह लिपी हुई दिखाई दी कि सारे मकान एक भुलावा-से

प्रतीत होने लगे· · ·और हवा ऐसे ठहरी हुई कि पेड़ों के पत्तों को भी मानो हिलना मना हो।

पर खटका अभी भी आ रहा था, जैसे नाखूनों और पंजों से कोई दरवाज़े को और दीवार को उनकी जगह से हिलाता हो।

उसने दीवारों की ओर देखा, फिर दरवाज़े की ओर, उसके सोने के कमरे का दरवाज़ा खुला हुआ था। वह चकित-सा उस खुले हुए दरवाज़े में से होता हुआ बाहर के बड़े कमरे की ओर गया।

उस कमरे की दहलीज़ उसने लांघी ही थी कि खटका ज़ोर से हुआ—पहले सामने की दीवार की ओर, फिर बायें हाथ के बन्द दरवाज़े की ओर· · ·

उसने दरवाज़े की कुंडी खोली तो जल्दी से सरककर रुई के गुच्छे जैसी कोई चीज़ भीतर आई और उसके पांवों से लिपट गई· · ·

—अरे, तू?

उसने झुककर सफेद रुई के गाले जैसे पामरेनियन कुत्ते को हाथों में उठा लिया, पुचकारा, पूछा, 'तू अकेला किस तरह आ गया? इतनी दूर? अपने आप रास्ता ढूंढ़कर?'

वह अपनी छोटी-सी जीभ से उसके हाथों को चाटने लगा।

यह छोटा-सा कुत्ता, उसके देश से बाहर जाने की खबर सुनकर उसके दफ्तर के एक सहकर्मी ने उससे मांग लिया था और उसने परसों उसे दे दिया था, पर आज· · ·

उसे हंसी-सी आ गई—लोग तो कहते हैं, ये पामरेनियन नस्ल के कुत्ते बड़े डरपोक होते हैं : जितने सुन्दर होते हैं, उतने डरपोक, फिर यह अकेला रास्ता खोजता उसके पास किस तरह लौट आया?

उसने उसके रेशमी बालों को दुलराया, फिर किचन में जाकर उसे एक बिस्कुट देकर उसके लिए कटोरे में दूध डाला।

—तू सूंघकर पहचानता है न? तूने मुझमें क्या सूंघा था, जिसे सूंघने के लिए फिर आ गया?

और वह रुई का गुच्छा-सा दूध चाटकर फिर उसके पांवों के पास आकर पांवों को चाटने लगा···

उसकी उंगलियां कुत्ते के बालों में छिपी हुई सी कांप उठीं—किसीके शरीर की पहली सुगन्ध, पहली पहचान, क्या उम्र के साथ चलती रहती है?

ऐसे ही उसकी उंगलियां उर्सिला के लम्बे-लम्बे बालों में डूब जाया करती थीं। उसे लम्बे उड़ते हुए-से बालों में से एक महक चढ़ जाया करती थी।

आज उसे एक अजीब खयाल आया—'अगर सारी दुनिया की औरतें किसी एक जगह पर कोई बैठा दे और उसकी आंखों पर पट्टी बांधकर कहे—भला बताओ, उर्सिला कौन-सी है?—तो वह बालों को सूंघकर उसे झट पहचान सकता है···पर मनुष्य के पास बुद्धि होती है न'··· एक हंसी उसके होंठो परे लकीर-सी लिप गई—'वह जिस तरह जानवरों के गले में ज़ंजीर बांधता है, उसी तरह अपने-आपको···'

उसने अपने लिए गिलास में कुछ व्हिस्की और पानी डाला, फिर गिलास को ऊपर उठाकर कहने लगा, 'दुनिया की सब ज़ंजीरों और सांकलों के नाम, जिन्हें मनुष्य के किसी न किसी सयानेपन ने बनाया···'

कुछ देर बाद उसे खयाल आया, 'मालूम नहीं, मिस्टर आचार्य ने उसे ज़ंजीर से क्यों नहीं बांधा?'

—यह बहुत छोटा है, ज़ंजीरें तो उम्र के साथ पड़ती हैं—उसने आप ही अपने-आपको जवाब दिया।

और फिर उसे खयाल आया—वे लोग इसे ढूंढ़ रहे होंगे, क्या मालूम ढूंढ़ते हुए यहीं आ जाएं?

आज वह नहीं चाहता था कि कोई आए। उसने सोचा—स्वयं ज़ाकर उसे छोड़ आऊं। बाहर से ही किसी नौकर को देखकर आ जाऊंगा···।

उसने जल्दी से कपड़े पहने। अभी तक उसने सोने वाले कपड़े पहने हुए थे, ऊपर सिर्फ ड्रेसिंग गाउन लपेटा हुआ था। और उसने छोटे-से पामरेनियन को हाथ में पकड़कर, बाहर आकर अपनी गाड़ी का दरवाज़ा खोला। उसे गाड़ी में रखा, और जब वह घर के बाहर वाले गेट को खोल रहा था, अचानक एक सवालिया हाथ उसके सामने आया।

दरवाज़े के पास से गुज़रता हुआ एक साधु अपने हाथ का भिक्षा-पात्र उसके सामने करता हुआ दरवाज़े के पास आकर खड़ा हो गया था। वह साधु के मुख की ओर देखता रह गया।

—क्या चाहिए बाबा?

—जो श्रद्धा हो।

—श्रद्धा को भिक्षा की तरह मांगोगे, बाबा?

—न मांगने का कोई अहंकार नहीं, बेटा!

—अगर इस दुनिया से कुछ मांगते रहना था तो दुनिया छोड़ी ही क्यों बाबा?

—वह तो शरीर छोड़ने तक नहीं छोड़ी जा सकती।

—फिर अगर त्याग नहीं है तो त्याग का यह भेस क्यों?

—त्याग है, बेटा!

—किस चीज़ का?

—मन का।

—और तन का?

—वह मजबूरी है···कुछ अन्न की आवश्यकता तन की मजबूरी है।

—फिर, बाबा, अगर तन को इन्कार नहीं, तो मन को इन्कार क्यों?

—तन पर भी संयम है, बेटा! केवल उसकी अग्नि के लिए दो मुट्ठी अन्न···

—क्या मन की अग्नि सच नहीं है, बाबा?

—वह भी सच है, जिज्ञासु, पर उसका अन्न और है···

—कौन सा?

—ईश्वर—उसका सजनहार···

—क्या जिस मां ने जन्म दिया, आपका यह शरीर रचा, वह ईश्वर नहीं थी? छोटा-सा ईश्वर?

—वह माया का जाल है, बेटा!

—क्योंकि दिखाई देता है···पर ईश्वर दिखाई नहीं देता, इसलिए उसका जाल भी दिखाई नहीं देता··· क्या जो दिखाई देता है, केवल वह ही झूठ है?

उसके अन्तर से उस साधु के प्रति उठता हुआ क्रोध मानो उसकी आंखों में आ गया।

—जिज्ञासु! क्या कहना चाहते हो?

—केवल जानना चाहता हूं, बाबा! कि अगर मन को दुनिया का अन्न नहीं चाहिए, तो तन को दुनिया का अन्न क्यों चाहिए?

—हां, जिज्ञासु! तन की भूख आनन्द की अवस्था नहीं है···

—सो, जब तक शरीर है, आनन्द की अवस्था नहीं पाई जा सकती।

—यह तन की मजबूरी है, जिज्ञासु!

—अगर तन की मजबूरी स्वीकार कर ली, बाबा, तो मन की मजबूरी क्यों नहीं स्वीकार की जा सकती? उस बच्ची का क्या दोष था, बाबा, जो तुम्हारे मन की मजबूरी नहीं बनी?···क्या वह ईश्वर का एक टुकड़ा नहीं थी?

—कौन बच्ची?

—जिसकी मां की लाश अभी भी दुनिया के पानियों में बह रही है।

—कौन मां? किसकी लाश?

उसने गेट के ठंडे लोहे से अपना तपता हुआ सा सिर लगाया और फिर सामने-खड़े हुए साधु के मुंह की ओर देखते हुए सामने शून्य में देखने लगा।

जब होश लौटा तो वह साधु दरवाज़े से जा चुका था। वहां केवल वह खुद था, और कुछ भस्म के समान पड़ी हुई एक चेतना—'उर्सिला का पिता, जो उसे छोड़कर संन्यासी हो गया। क्या मैं उसे खोज रहा हूं? मैं यह कैसे सोच सका—यह वह था?'

उसने गेट को खोलकर गाड़ी को बाहर सड़क पर किया और सामने की सड़क का मोड़ मुड़ते हुए सोचा, 'मेरा क्रोध केवल मेरे ऊपर है···यह मेरे मन का छल था कि अपने क्रोध को अपने कंधों से उतारकर मैं किसी और के कंधों पर रख रहा था···'

शहर की सड़कें गाड़ी के पहियों के नीचे से गुज़रती रहीं, और उसके विचार उसके मन के पांवों के नीचे से।

उर्सिला के पिता की एक मजबूरी थी—अपनी पत्नी, अपनी प्रेमिका की लाश को देखने की मजबूरी···उसके टूटे हुए मन में अगर अपनी बेटी का मोह भी टूट गया, तो उसका दोष नहीं था···पर···

यह 'पर' उसके पावों के आगे खड्ड की भांति आ गया···विचारों के पांव कांप उठे—'क्या रिश्ता सिर्फ पिता का होता है? प्यार करने वाले का नहीं? उसने मोह का रिश्ता तोड़ दिया, ममता का, और मैंने मुहब्बत का···'

—पर कैसे उलटे कारण हैं, उसने जो कुछ छोड़ा, दुनिया को छोड़ने के लिए · · · और मैंने जो कुछ छोड़ा, दुनिया को पाने के लिए।

गाड़ी वह अचेत-सा चला रहा था, सड़कों के नाम और रास्ते जाने बगैर, पर आदत ने उसका साथ दिया। गाड़ी अचानक रुकी तो सामने मिस्टर आचार्य का घर दिखाई दिया।

यह शायद गाड़ी के हॉर्न की आवाज़ थी, सामने घर में से एक नौकर दौड़ता हुआ गाड़ी की और आया—'साहब ! हमारा पामेरेनियन नहीं मिल रहा है।'

'यह लो। अब संभालकर रखना।'

उसने सीट के ऊपर से छोटे-से कुत्ते को उठाकर एक बार उसके बालों को सहलाया, फिर उसे नौकर के हाथों में थमा दिया।

'साहब बहुत परेशान हुए · · · हम इसे बहुत ढूंढ़ते रहे · · · आपको भी फोन करते रहे , पर आपका फोन खराब था।'

'फोन ख़राब था ?'

'हां,साहब ! बिलकुल डेड · · · '

उसे याद आया, आज जिस समय मिस्टर पुरी का फोन आया था, उसने उसके बाद अपने फोन का प्लग निकाल दिया था।

नौकर कह रहा था—'साहब अभी आपके घर जाने वाले थे · · · '

वह गाड़ी चलाकर जाने लगा तो नौकर ने जल्दी से कहा—'साहब, अन्दर नहीं आएंगे ?'

'नहीं, बहुत जल्दी है।'

उसने तेज़ी से गाड़ी मोड़ ली।

अपने-आप पर एक हंसी-सी आई—बहुत जल्दी है उस जगह पर पहुंचने की, जो कहीं नहीं है··· ।

आसमान पर हलके-से बादल थे, पर अचानक गहरे हो गए, और नन्ही-नन्ही बूंदे पड़ने लगीं।

उसने गाड़ी का वाइपर नहीं चलाया, केवल गाड़ी को धीमी चाल पर डाल दिया और सामने के शीशे में से इर्द-गिर्द की इमारतों को इस तरह देखता रहा, मानो सारे शहर को कुछ धुंधला करके देख रहा हो।

उसके हाथ पर गीला-सा स्पर्श अभी भी था। उसके रुई के गुच्छे जैसे पामेरेनियन ने लौटते समय जब फिर उसके हाथ को जीभ से चाटा था तो उसकी गीली जीभ का कुछ अभी भी उसके हाथ पर पड़ा रह गया था।

ज़िन्दगी के कई बीते हुए दिन भी शायद गीली जीभ की भांति होते हैं, उसे लगा, तो विचार आया, 'कुत्ते को पालतू बनाने की मनुष्य की रुचि बहुत पुरानी है, इतिहास के अनुमान के अनुसार आज से चौदह हज़ार वर्ष पहले की।'

और मन मानव-स्वभाव के खंडहरों में चला गया—पर कई यादों को पालतू बनाने वाली रुचि न जाने कितने हज़ार साल पहले की है।

उसके मन में एक अजीब तुलना आई—जैसे कुत्तों की कई नस्लें होती हैं, उसी प्रकार मनुष्य की यादों की भी कई नस्लें होती हैं।

—कुछ यादें, केवल कोमल-सी खाल वाली, पांवों से और हाथों से लिपटती हुईं, छोटी-सी जीभ से शरीर के मांस को चाटती हुईं···और छोटी-छोटी आंखों से टिमटिम आपके मुंह की ओर देखती हुईं।

—कुछ, जिनकी आंखें भी सामने दिखाई नहीं देतीं, बालों में गहरी कहीं छिपी हुई होती है, पर यह मालूम होता है, वे कहीं छिपकर आपको देख रही हैं।

—कुछ आपके पहरे पर बैठी हुईं, और दुनिया के हर खटके पर भौंकती हुई।

—और कुछ यादें, यादों की बैरी, एक-दूसरे के अस्तित्व को नकारती हुईं, परस्पर में लड़ती हुईं, झगड़ती हुईं और एक दूसरे को लहूलुहान करती हुईं।

—और कुछ यादें, आप चाहे कहीं क्यों न चले जाएं, आपके खुरों को सूंघती हुईं, आपका पीछा करती, आपको सदा ढूंढ़ लेती हैं···

और कुछ यादें, केवल रोटी के टुकड़े के लिए पूछ हिलाती हुईं···

—और कुछ, पागल हो गईं···उनके मुंह से झाग निकलती हुई।

उसके पांव को जैसे एक पागल कुत्ते ने दांतों में भींच लिया···

और पांव घबराकर उसके पास से छूटने के जतन में गाड़ी के ऐक्सिलरेटर पर दब गया।

बाईं ओर से मुड़ने वाली कार वाले ने अगर ज़ोर से ब्रेक न लगाया होता तो मन की घटना बाहर सड़क पर बिखर जाती।

उसने माथे पर आए हुए पसीने को घबराकर पोंछा, और गाड़ी को अगली सड़क पर धीमी चाल में डालकर वाइपर को चला दिया।

चलते हुए वाइपर में से शहर की इमारतें ऐसे दिखाई देने लगीं, जैसे एक पल कोई उनपर मुलतानी मिट्टी लीपता हो, और दूसरे पल पोंछता हो···

दिन की लौ अभी बाकी थी, पर मेह ने उसे ढक लिया—इसलिए कई इमारतों में बिजली की रोशनी होने लगी।

छोटे-छोटे, गोल-गोल टुकड़ों में टूटी हुई रोशनी।

और आग को पालतू करने वाली बात पर उसे हंसी-सी आ गई।

'पालतू आग में से धुआं नहीं उठता,' उसे ध्यान आया, 'पर और हर तरह की आग से धुआं उठता है···'

धुएं से उसका ध्यान सिगरेट पीने की ओर गया और उसने जेब से सिगरेट-केस निकालकर सिगरेट सुलगाई···

सिगरेट के धुएं में से जैसे कई धुएं निकल आए।

खड्डों में से उठती हुई धुंध का धुआं···

पहाड़ी घरों के चूल्हों से उठता हुआ लकड़ियों का धुआं···

हवन की अग्नि में से उठता हुआ सामग्री का धुआं···

कारखानों की चिमनियों में से उठता···

और चिता की आग में से···

पूरी की पूरी ज़िन्दगी उसकी आंखों के सामने अंगारे की तरह जली और भस्म हो गई

फिर उसकी अपनी सांस भी मानो उसके होंठ से छुई—कोहरे में से निकलते हुए मुंह के धुएं की तरह···

और फिर सांस, जैसे अचानक रुक गई हो—सामने सड़क पर कोई दो जने—एक जवान लड़की और एक उसके साथ कोई—सिर पर एक ही छतरी ताने हुए, मेह से एक-दूसरे को बचाते हुए—बिलकुल उसकी गाड़ी के सामने आ गए थे···

उसने ज़ोर से ब्रेक लगाया, इतना कि पहियों के एकाएक रुकने की आवाज़ ज़ोर से हवा में फैल गई और गाड़ी उलटने को होती हुई सी कांपकर खड़ी हो गई···

सड़क के दोनों किनारे जो दुकानें थीं—वहां से कुछ लोग दोड़ते हुए-से आए —

—क्या हुआ साहब ?

उसने हैरान गाड़ी के दोनों ओर खडे हुए लोगों की ओर देखा, कहा, 'कुछ नहीं, वे सामने गाड़ी के नीचे आ चले थे···'

लोगों ने सामने वाली सड़क की ओर देखा,उनकी चकित आंखें मानो पूछ रही थीं, कौन ?'

वह गाड़ी से उतरा। सामने सड़क की ओर देखने लगा, पर सड़क दूर तक खाली थी।

उराने घबराकर, नीचे, गाड़ी के पहियों की ओर देखा—जैसे सड़क वाले वे दो जने, अगर सड़क पर नहीं दिखाई दे रहे हैं तो ज़रूर गाड़ी के पहियों के नीचे होंगे···पर कहीं कुछ नहीं था···

लोग हैरान थे, साहब ! गाड़ी उलट चली थी, मुश्किल से बची है···'

'पर वे ?'

'वे कौन?'

'कोई दो जने थे, छतरी लेकर चल रहे थे· · ·'

'पर सड़क पर तो कोई नहीं· · ·'

वह परेशान-सा फिर गाड़ी में बैठ गया, गाड़ी को स्टार्ट किया और सामने की खाली सड़क को देखता हुआ गाड़ी चलाने लगा· · ·

उसके हाथों में हलका-सा कम्पन आ गया· · ·

खयाल आया—जब वाइपर नहीं चलाया था, सारे शहर को धुंधला करके देख रहा था· · ·जैसे हर चीज़ को धुंधला करके· · ·पर वह छतरी धुंध में से कैसे उभर आई थी? बिलकुल मेरे सामने आ गई थी· · ·

बहुत पुराना एक दिन याद आया, जब उर्सिला बरसते हुए मेह में कॉलिज से घर को चल दी थी।

वह कितनी देर तक उसे चलते हुए देखता रहा, उसकी भीगी हुई पीठ के देखता रहा।

वह फिर पास से, एक पान वाले की दुकान की ओर बढ़ गया था और एक रुपये का नोट पान वाले को देकर, उसकी छतरी उधार मांगकर उर्सिला के पीछे दौड़-सा पड़ा था।

हाथ में ली हुई छतरी उसने दौड़कर उर्सिला के सिर पर तान दी थी।

उर्सिला ने भी छतरी की डंडी को हाथ में लेकर छतरी को उठाया था और फिर वह थोड़ी-थोड़ी देर बाद डंडी पर ज़ोर डालकर छतरी को अपने सिर से परे—उसके सिर की ओर कर देती थी।

छतरी एक ही थी, और कभी वह आधी भीग जाती थी, कभी वह· · ·

उसका पांव कभी ऐक्सिलरेटर पर कांपता रहा, कभी ब्रेक पर, और उसकी गाड़ी शहर की कई सड़कों के मोड़ काटती रही···

पर विचार एक ही सड़क पर पड़ गया—आज वह गांव की पगडंडी वाला दिन शहर की सड़क पर क्यों आ गया?

वही मेह? वह छतरी?

वह घर से सिर्फ अपने पामरेनियन को मिस्टर आचार्य के घर छोड़ने आया था, पर घर लौटने की बजाय वह शहर की सड़क पर, यूं ही, जो मोड़ सामने आता, उधर ही गाड़ी को मोड़ता हुआ शहर को देखे जा रहा था···

मेह अभी थमा नहीं था, इसलिए सड़कें और सूनी होने लगी थीं, और कई जगहों की, खासकर बड़ी सड़कों की दुकानें बन्द होने लगी थीं।

फिर अकेले, भीगते हुए, और जलती-बुझती बत्तियों के शहर को देखने का यह अनुभव, अचानक उसके मन में किसी उस देश के उस शहर से मिल गया, जिसे उसने कभी देखा नहीं था, केवल एक कैदी की डायरी में पढ़ा था :

"मुझे शीशों वाली एक बन्द गाड़ी में बैठाकर वे ले जा रहे हैं···गाड़ी भरे शहर में से गुज़र रही है और इधर-उधर लोग गिरती हुई बर्फ में भी चल रहे हैं··· बिजली की रोशनी में बर्फ अजीब तरह से चमकती है। लोगों के चेहरे भी अजीब तरह से चमक रहे हैं। एक ठंडी और एक गर्म लहर मिलकर उनके चेहरों पर बैठी हुई हैं। बर्फ की ठंड और ज़िन्दगी की गर्माइश! मैं शीशों में से उन्हें देख सकता हूं, पर उन तक यह खबर नहीं पहुंचा सकता कि मैं आज भरे शहर में से गुज़रते हुए भी बिलकुल अकेला हूं, और अभी मिनटों बाद मैं उनकी आबादी का हिस्सा नहीं रहूंगा।"

और वह, गाड़ी को चलाता हुआ, गाड़ी के शीशों में से भरे शहर को एक वैसी हसरत से देखने लगा, जिससे बहुत वर्षों के लिए किसी जेल में पड़ने से पहले केवल एक कैदी देख सकता है।···

फिर सामने एक चौक की लाल बत्ती ने जब उसका पांव ब्रेक पर रखवा

दिया, उसका होश उसे रोककर कहने लगा, 'ज़िन्दगी में बन्द शीशों वाली कुछ वे गाड़ियां भी होती हैं, जिन्हें मनुष्य स्वयं ही चलाता हैं और स्वयं ही उनमें कैदी होकर बैठता हैं . . .'

चौक की लाल बत्ती ने जब रंग बदला, यानी हरी होकर दिखाई दी, तो उसने गाड़ी को चौक से लंघाकर अगले गोल चक्कर से घर की ओर मोड़ लिया।

यह भी जैसे स्वयं को दिया हुआ स्वयं का आदेश था।

लगा—शायद यही घर की और जाने वाली वह सड़क थी, जिससे बचता हुआ, वह कई घंटों से शहर की सड़कों पर फिर रहा था।

मेह थम रहा था, बस कोई-कोई बूंद रह गई थी। उसने वाइपर बन्द कर दिया। पर कुछ देर बाद देखा—शीशे पर पड़ने वाली किसी-किसी बूंद से वह कुछ इस तरह दिखाई देने लगा, जैसे शीशे को पसीना आ गया हो।

गाड़ी जब घर के दरवाज़े से गुज़रकर, दीवार के साथ लगकर खड़ी हो गई तो उसने गाड़ी से उतरते हुए, सामने की दीवार पर लगे हुए पीतल के उस टुकड़े की ओर देखा, जिसपर उसका नाम लिखा हुआ था—जैसे हर जेल के बाहर जेल का नाम लिखा हुआ होता है।

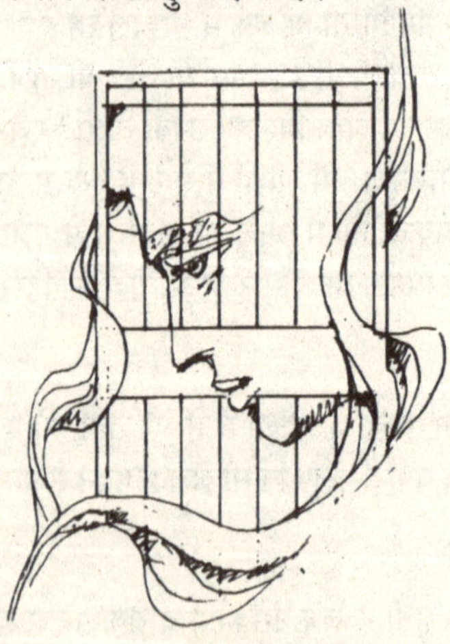

न जाने क्यों, उसका हाथ दरवाज़े के पास लगी हुई घंटी के बटन की ओर गया—मानो वह एक मुलाकाती हो और इस घर में किसी से मिलने आया हो।

घंटी ज़ोर से बज उठी तो उसका हाथ मूर्च्छित-सा हो गया···

हवा तेज़ हो गई थी। अचानक दीवार पर लगे हुए पीतल के टुकड़े में से, छोटा-सा टुकड़ा हवा से झड़ गया और भूमि पर उसके गिरने की आवाज़ आई।

उसने चौंककर उधर दीवार की ओर देखा। उसके नाम वाले पीतल के उस टुकड़े की छाती में से शायद एक कील नीचे गिर गई थी, पर छाती में खुभी हुई दूसरी कील के सहारे वह अभी भी दीवार के साथ लगा हुआ था, पर लटकता हुआ-सा···और हवा से हिलता हुआ, मानो हाथ हिलाकर उससे कुछ कह रहा हो।

सारा मकान दीवारों में भी सिमटा हुआ था, अंधेरे में भी ; पर बाहर सड़क की बत्ती की कुछ रोशनी थी, जिसमें वह पीतल का टुकड़ा एक आंख की भांति चमककर उसकी ओर देखता हुआ प्रतीत होता था।

उसका अपना नाम, मानो उसकी ओर देख रहा हो ।

उसने घबराकर जेब में हाथ डाला, चाबी को टटोला, और दरवाज़े के अंधेरे में छिपे हुए ताले के छेद को खोजने लगा।

जेल के दरोगा की भांति जब उसने भारी-से दरवाज़े को खोला तो फिर एक कैदी की भांतिं उसके अन्दर चला गया।

मेह की बूंदें जैसे सिर के बालों में अटककर कमरे के भीतर आ जाती है, उसे लगा—पिछले दिनों पढ़ी किसी कैदी की डायरी के कुछ शब्द—जेल, दरोगा, कैदी—उसकी स्मृति में अटककर खामखाह उसके साथ चल पड़े हैं।

सोने के कमरे की बत्ती जलाते हुए उसने जल्दी से अलमारी से व्हिस्की की बोतल निकाली और कट-वर्क के एक सुन्दर चेक गिलास में ढालते हुए—कैदी की डायरी में से चिपट गए लफ़्ज़ों को अपने से झटकारना चाहा · · ·

शीशे की सुराही से गिलास में पानी डालते हुए जब उसने गिलास ऊपर होंठों के पास किया, कानों में कहीं से आवाज़ आई · · ·

—ऐ बंदे ! मेरे सवालों का जवाब दिए बिना इस गिलास को मुंह से न लगाना।

उसे एक बहुत पुरानी घटना याद आ गई—एक ऐतिहासिक घटना—जब वह पांच पांडवों में से एक था और वे सब द्रौपदी को साथ लेकर वनों में विचर रहे थे। बहुत प्यास लगी तो युधिष्ठिर ने कहा, 'जाओ नकुल ! पानी का स्रोत ढूंढ़ो।'

उसने पानी का स्रोत ढूंढ़ लिया था, पर जब पानी लेने के लिए गया तो किनारे पर उगे हुए पेड़ से आवाज़ आई—'हे नकुल ! मेरे प्रश्नों का उत्तर दिए बिना यह जल मत पीना, नहीं तो तुम्हारी मृत्यु हो जाएगी।'

पर उसने आवाज़ की ओर ध्यान नहीं दिया और पानी के झरने के नीचे खड़े होकर उसने ओक लगा दी और पानी पीते ही धरती पर ढेर हो गया।···

लगा—वही आवाज़ थी, जो तब एक पेड़ पर से आई थी।

उसने चकित होकर ऊपर की ओर देखा।

ऊपर केवल कमरे की छत थी, और कुछ नहीं···न कोई पेड़, न परछाईं।

उसने जन्म-जन्मान्तरों की उस आवाज़ को पहचानने की चेष्टा की, शायद यही प्रश्न थे, जो अनेक जन्म पूर्व भी इस आवाज़ ने पूछे थे।

पहला प्रश्न था—सूर्य को कौन उदय करता है?

दूसरा प्रश्न था—सूर्य को कौन अस्त करता है?

और तीसरा—सूर्य के चारों ओर कौन घूमता है?

और चौथा—सूर्य किससे सम्मानित होता है?

प्रश्न जाने-पहचाने लगे, परन्तु उत्तर?···उत्तर तो उसने तब भी नहीं दिए थे, युधिष्ठिर ने दिए थे।

उसने आज भी, आवाज़ को कानों से बाहर निकालकर हाथ में थामे हुए गिलास को पी जाना चाहा, पर हाथ रुक गया, आवाज़ माथे से टकराई।

—ऐ आज के इन्सान! मेरे प्रश्नों का उत्तर दिए बिना इस गिलास को मुंह से न लगाना, नहीं तो···

'नहीं तो' के आगे जो हो सकता था, वह उसके साथ हो चुका था—जब वह नकुल था।

आवाज़ ने, शताब्दियों से हवा में खड़े हुए प्रश्न दोहराए—वही चार प्रश्न, और फिर अगले चार प्रश्न—

—ज्ञाता कौन है?

—महान् पद कैसे प्राप्त होता है?

—मनुष्य एक से दो कैसे होता है? और

—बुद्धि कैसे प्राप्त होती है?

उर्सिला उसके मन में एक सूरज के समान चढ़ी, और फिर अचानक उसके आसमानों को एक बार लाल करके सूरज की भांति डूब गई···

मन में घोर अंधकार छा गया···

घोर अंधकार में उसने घबराकर हाथ में लिया हुआ गिलास मुंह से लगा लिया।

प्रश्न उसी प्रकार, बिना उत्तर के, हवा में खड़े रह गए···

और वह, जैसे आवाज़ ने कहा था, पलंग पर बेहोश-सा पड़ गया।

शायद फिर मृत्यु का शाप लग गया, जैसे उस समय लगा था, जब वह नकुल था।

नहीं, वह मरा नहीं, शायद जीवित है। उसे लगा—कि कोई उसके पलंग के पास खड़े होकर उसकी बांह हिला रहा है, और उसकी बांह जीवित मनुष्य की बांह की भांति हिल रही है।

—यादों का शाप उसे अवश्य लगा हुआ था,विचार आया—आखिर मरा तो तब भी नहीं था, जब मैं नकुल था। युधिष्ठिर ने सब प्रश्नों के उत्तर दे दिए थे और उसने जीवन का वर पा लिया था।

लगा—आज फिर उसी युधिष्ठिर ने प्रश्नों के उत्तर दे दिए होंगे, और अब वह ही उसे बांह से पकड़कर पलंग से उठा रहा है···

उसने बांह की ओर देखा, पर वहां कुछ दिखाई नहीं दिया। हां, यह विश्वास अवश्य हो गया कि वह जीवित है।

गले से चीख़-सी आवाज़ निकली—पश्नों के उत्तर किसने दिए हैं? युधिष्ठिर ने?

कमरे में दिखाई कुछ नहीं दिया, किन्तु कोई धीरे से हंसा—यह युधिष्ठिर का युग नहीं हैं।

—फिर?

—आज के प्रश्नों के उत्तर तुम्हें स्वयं देने पड़ेंगे।

—वही प्रश्न?

—हां, वही प्रश्न, पर युग बदल गया है।

—प्रश्न नहीं बदले?

—नहीं, पर शब्द बदले हैं।

—किस तरह?

—जिस तरह तुम्हारा नाम बदला हैं। तब नकुल था पर आज···

—मैं जानता हूं।

—फिर उठो!

—कहां जाना होगा?

—अदालत में।

—किसकी अदालत में?

—यह तुम खुद जाकर देख लेना···

लगा, एक हाथ उसे पलंग से उठा रहा है···

कमरे में बिलकुल अंधेरा था, शायद उसी अजनबी हाथ ने कमरे की बत्ती बुझा दी थी···पर बांह की कलाई के पास किसी के हाथ की पकड़ उसी तरह है···

वह उठकर चलने लगा···

लगा—वह धरती के एक साधारण व्यक्ति की भांति चालीस लाख तीन सौ बीस वर्ष से चल रहा हैं और कोई ब्रह्मा आज हंस-कर उससे कह रहा है—अभी तो केवल एक दिन हुआ है···

चालीस लाख तीन सौ बीस वर्ष जितना एक दिन···

उसकी धरती का मिथहास उसकी रगों में से बोल उठा—'आज निर्णय का दिन है, किसी निर्णायक के आगे सफाई देने का दिन। किसी रचना के ईश्वर में लीन हो जाने से पूर्व का दिन, जो अपना निर्णय किसी ओर भी दे सकता है··· जीवन से मुक्ति का निर्णय भी, और इसी जीवन को पुनः जीने का निर्णय भी···'

—यह दूसरा निर्णय मेरी सज़ा होगा···उसके अपने अन्तर से उसके मन ने कहा, पर वह खामोश चलता गया।

शायद गहरे अंधकार का प्रभाव था कि उसे लगा—वह मर चुका है, अब उसे केवल पृथ्वी से यमपुरी ले जाया जा रहा है।

पूछा—'हे दूत ! तुम मुझे यमपुरी ले जा रहे हो?'

उत्तर मिला—'सब तुम्हारे ही बनाए हुए शब्द हैं। अगर तुम उसे यमपुरी कहना चाहते हो तो कह लो, मुझे कोई आपत्ति नहीं है।'

—रास्ता कितना लम्बा हैं?

—तुम्हारे गिनने-मापने का हिसाब में नहीं जानता · · ·

उत्तर देने वाला चुप हो गया तो उसे याद आया—एक बार युधिष्ठिर के प्रश्न करने पर कृष्ण ने बताया था कि पृथ्वी से यमपुरी छियासी हज़ार योजन हैं।

और वह मन में हिसाब लगाने लगा—चार कोस का एक योजना होता हैं, इस तरह छियासी हज़ार को चार से गुणा करने से बना · · ·

और साथ ही एक भयानक-सीं याद उभर आई—कृष्ण ने यह सब कुछ बताते हुए कहा था कि इस रास्ते में न कोई पेड़ है, न कुआं, न तालाब, न कोई नगर या गांव, न आश्रम, सारा रास्ता अंधकार से भरा हुआ है · · ·

उसने भूख-प्यास की कल्पना करना चाही, पर लगा—न इस समय उसे भूख थी, न प्यास। और छियासी हज़ार योजन की कल्पना करके भी उसके पांवों में थकावट नहीं थी ।

पर लग—कुछ था, जो अंधेरे में उसके पीछे-पीछे चलता आ रहा था।

उसने खड़े होकर पीछे की ओर देखने का यत्न किया, पर अंधेरे में कुछ दिखाई नहीं दिया।

पूछा—'हे दूत ! हे मार्गदर्शक ! मेरे पीछे-पीछे कौन आ रहा है ? कुछ हैं, जो मेरे साथ चल रहा हैं , पर मैं उसे देख नहीं सकता।'

उत्तर मिला—पर अपने आपमें एक प्रश्न के समान—'आज के मनुष्य के साथ कौन चल सकता हैं ?'

उसने फिर कहा—'मालूम नहीं, पर किसी समय कृष्ण ने ही युधिष्ठिर से कहा था कि मनुष्य जब पृथ्वी से जाता है, तब उसके पाप-पुण्य उसके पीछे-पीछे चलते हुए उसके साथ जाते हैं।'

अंधेरे में हलकी-सी हंसी की आवाज़ सुनाई दी, साथ ही यह भी—'हो सकता है, तुम्हारे यही संस्कार पीछे-पीछे आ रहे हों।'

उसने जल्दी से कहा—'नहीं, संस्कार नहीं, पर हो सकता हैं , ये मेरे विचार हों, जो मेरे पीछे-पीछे मेरे साथ आ रहे हैं।'

उत्तर मिला—हां, हो सकता हैं।'

फिर बहुत देर तक अंधेरे की भांति खामोशी भी छाई रही···

केवल वे विचार, जो उसके पीछे-पीछे आ रहे थे, कदम मिलाकर उसके साथ चलने लगे।

एक ने, बिलकुल उसके निकट आकर, हथेली से कोई जड़ी-बूटी सुंघाई, और एक अजीब-सी सुगंध में लिपटकर उसने पूछा—'यह तुमने मुझे क्या सुंघाया हैं?'

'एक बूटी।'

'क्यों?'

'इससे हज़ारों वर्ष पुरानी बातें भी याद आ जाती हैं···'

'मुझे कुछ याद नहीं आ रहा हैं।'

'अभी याद आएगा।'

'सुनो!'

'हां···'

'कुछ याद आ रहा है···'

'क्या?'

'मैंने एक बार जुआ खेला था।'

'फिर?'

'सारा धन, हीरे-मोती, लाल-पन्ने दांव पर लगा दिए···'

'फिर?'

'सारे गांव-गोट भी ··· हाथी-घोड़े भी···'

'फिर?'

'सब कुछ हार गया···'

'फिर?'

'फिर मैंने अपनी पत्नी भी दांव पर लगा दी।'

'पत्नी?'

'हां उर्सिला भी···'

'क्या कहा?'

'हां, उर्सिला भी दांव पर लगा दी, और हार गया···'

'अच्छी तरह याद करो!'

'हां,सच, द्रौपदी···उस समय उर्सिला का नाम द्रौपदी हुआ करता था···'

अचानक वह चुप हो गया। उसे लगा—समय उसके अन्दर कुछ इस तरह हिल रहा हैं कि कभी वह हज़ारों वर्ष उधर चला जाता है, कभी हज़ारों वर्ष इधर आ जाता है।···

उसने कोशिश की कि वह समय की कोई आवाज़ न सुन सके, पर एक आवाज़ उसके कानों के पास आई और खड़ी हो गई।

उसके विचार ने कहा, 'यह आवाज़ तुम्हें सुननी पड़ेगी···'

पूछा, 'किसकी आवाज़ हैं?'

'दुर्योधन की सभा में खड़ी हुई द्रौपदी की। सुनो ! वह कह रही है कि युधिष्ठिर जब अपने-आपको हार चुके तो मुझे दांव पर लगाने का उन्हें क्या अधिकार था?'

'सुन रहा हूं···'

'उत्तर दो !'

'इसका उत्तर तो युधिष्ठिर भी नहीं दे सके थे।'

'इसीलिए यह प्रश्न हज़ारों वर्षों से हवा में ठहरा हुआ हैं।'

'पर मैं इसका क्या उत्तर दे सकता हूं?'

'अब तुमने फिर इस जन्म में जुआ खेला···धन-सम्पदा और मान-सम्मान के लिए ज़मींदार घर की लड़की से विवाह किया···'

'पर मैंने-अपने-आपको दांव पर लगा दिया, और हार गया···'

'यही तो आज की द्रोपदी पूछ रही हैं कि आज के युधिष्ठिर ! तुम्हें अपना-आप हारने के बाद क्या अधिकार था कि तुमने मुझे भी दांव पर लगा दिया··· आज वह किसी दुर्योधन के सामने खड़ी हुई···'

'चुप रहो !'

चुप छा गई···

अचानक एक मद्धिम-सी रोशनी हुई, सामने एक इमारत दिखाई दी, और उसके भिड़े हुए दरवाज़े के पास पहुंचकर उसके पांव ठिठक गए· · ·

'यह क्या जगह हैं?' उसने अपने अदृश्य दूत से पूछा।

—अदालत।

—क्या यह पुरातन कथा-कहानियों के अनुसार धर्मराज की कचहरी हैं?

—बीसवीं शताब्दी के मनुष्य! इसमें पुरातन कहानियों का धर्मराज नहीं, इसमें तुम्हारी आज की अदालत है, जज भी और सरकारी वकील भी· · ·

—और में?

—एक अपराधी।

—पर मेरा अपराध?

—तुम अन्दर जाकर पूछ लो· · ·

—पर जिन शहरों में मैं रहता हूं, वहां तो मुकदमे अक्सर झूठे होते हैं

—इसीलिए यह अदालत तुम्हारे शहरों के बाहर हैं।

पूछने से कुछ बात नहीं बन रही थी, इसलिए वह भिड़े हुए दरवाज़े को खोल इमारत के अन्दर चला गया।

सामने एक बहुत बड़ी दीवार थी, जिस पर एक चित्र लगा हुआ था। कमरे में बहुत थोड़ी रोशनी थी, इसलिए वह चित्र को पहचान नहीं सका; पर इतना जान लिया कि यह चित्र समय के उस शासक का होगा, जिसके नाम पर इस अदालत में न्याय होता है।

उसी बड़ी दीवार के पास, उस चित्र के नीचे, ठीक उसकी सीध में एक ऊंचा चबूतरा-सा था, जिसपर एक बहुत बड़ी मेज़ रखी हुई थी, कागज़ों से भरी हुई, और जिसके पास एक ऊंची पीठ वाली कुर्सी पर एक जज बैठा हुआ था। उसने सफेद चोगा पहना हुआ था, जिससे उसने अनुमान लगाया कि वही जज हैं।

उसने कमरे को दायें-बायें भी गौर से देखा—वहां केवल एक व्यक्ति और था, जिसका मुंह जज की ओर था और उसने काला कोट पहन रखा था, जिससे उसने अनुमान लगाया कि वह अवश्य सरकारी वकील होगा।

कमरे में और कोई नहीं था।

उसे हलकी-सी हंसी आ गई—मानो दुनिया में केवल एक ही जज रह गया हो, एक ही वकील, ओर एक ही अपराधी· · ·

उसके पैरों की आहट सुनकर सामने की बड़ी दीवार के पास बैठे हुए जज का ध्यान उसकी ओर गया, और उसने हाथ के संकेत से उसे उधर खड़े होने के

लिए कहा, जिधर लकड़ी का एक जंगला-सा था—अपराधी के खड़े होने का कठघरा।

वह कठघरे में जाकर खड़ा हो गया।

खयाल आया—अजीब अदालत है, कहीं कोई आवाज़ नहीं। क्या अदालतें भी इस तरह खामोश होती हैं?

उसने धीरज से पूछा, 'हुज़ूर! मुझे किसलिए बुलाया गया है?'

उस बड़ी दीवार की ओर से न्यायाधीश की आवाज़ आई, 'आज तुम्हारी पेशी हैं, अब तारीख और आगे नहीं डाली जा सकती, क्योंकि तुम जल्दी ही इस देश से बाहर जा रहे हो।'

—पर किस बात की पेशी?

—तुम तीन साल तक सोचते रहे हो कि तुम्हारे मुकदमे की सुनवाई न हो।

—पर कौन-सा मुकदमा?

—आज से तीन साल पहले तुमने खुद ही एक दरख्वास्त दी थी···

—मैंने?

—तुम्हें याद नहीं?

—हां···एक दरख्वास्त दी थी···पर वह बहुत पुरानी बात है···

वकील ने मेज़ पर से एक फाइल उठाई और धीरे से जज से कहने लगा, 'हुज़ूर! यह बहुत खतरनाक आदमी है···किसी बात का जवाब सीधी तरह नहीं देगा। आप मुझे जिरह करने की इजाज़त दें।'

'इजाज़त है।' जज ने संकेत किया।

सरकारी वकील ने जेब से रुमाल निकालकर अपनी ऐनक के शीशे पोंछे

फिर एक-दो कागज़ों पर कुछ पढ़ते हुए कठघरे की ओर देखकर पूछा, 'तुम्हारा नाम?'

उसे हंसी-सी आ गई, बोला 'क्या आपके कागज़ों में मेरा नाम नहीं है? अगर आपको नाम भी पता नहीं हैं ,तो मुझे यहां बुलाया किस तरह?'

वकील के माथे पर हलकी-सी त्योरी पड़ गई, कहने लगा, 'तुम्हें मालूम हैं, तुमपर क्या इलज़ाम है?'

—नहीं।

—कत्ल का।

—कत्ल का? किसके कत्ल का?

—अपने दोस्त के कत्ल का।

—पर वह तो···

—जिसके लिए तुमने दरख्वास्त दी थी कि मिल नहीं रहा है···

—अगर मैंने उसे कत्ल किया होता, तो दरख्वास्त क्यों देता?

वकील हंस उठा।

—इसीलिए मैंने तुम्हें खतरनाक अपराधी कहा था। अच्छा यह बताओ, उसे गुम हुए कितना अर्सा हुआ हैं?

—तीन साल।

—वह कब से तुम्हारा दोस्त था?

—बचपन से।

—स्कूल में तुम्हारे साथ पढ़ता था?

—हां, स्कूल में भी, कॉलिज में भी··· ।

—उसकी उम्र?

—मुझ जितनी ही···।

—सिर्फ वही एक दोस्त था?

—हां, सिर्फ वही।

—तुम्हारा क्या खयाल था?

—यही कि यह दोस्ती सारी उम्र रहेगी।

—फिर?

—अचानक वह गुम हो गया।

—तुमने उसे ढूढ़ा नहीं?

—बहुत ढूढ़ा···अभी तक ढूंढ़ रहा हूं··· ।

वकील मुस्कराया। वह हैरान हुआ, कहने लगा—'वकील साहब! आपको मुझपर विश्वास नहीं है?

—तुम्हें शायद खुद अपने ऊपर विश्वास नहीं है।

उसके अन्तर में कुछ घबराहट-सी हुई। उसने भी वकील की तरह जेब से रूमाल निकाला, पर ऐनक को नहीं, माथे को पोंछा। माथे पर अचानक कुछ पसीना-सा आ गया था।

वकील हंस पड़ा ।

—आप मुझपर हंसते क्यों हैं, वकील साहब?

—तुम रूमाल से माथे को इस तरह पोंछ रहे थे· · ·

—यह कमरा बहुत गर्म है , मेरे माथे पर पसीना· · ·

—नहीं, तुम माथे को इस तरह पोंछ रहे थे, मानो हर याद को स्मृतिपट से पोंछे दे रहे हो· · ·

वकील का मुंह बहुत गम्भीर हो गया। कहने लगा—'तुम दोनों दोस्त जब मिलकर किताबें पढ़ते थे, वह कौन-सी कहानी थी, जिसका तुम दोनों पर बहुत प्रभाव पड़ा था ?'

—कई थीं।

—कोई एक, जो तुम्हारे मन को बल देती थी· · ·

—एक थी· · ·एक बच्चे की, जो एक ऋषि के पास विद्या ग्रहण करने के लिए गया था· · ·

—फिर ?

—ऋषि ने उसके पिता का नाम पूछा तो वह दूसरे दिन आकर कहने लगा—मेरी मां कहती हैं कि मैंने कई लोगों की सेवा करके यह पुत्र पाया हैं, इसलिए किसी एक का नाम नहीं बता सकती—और ऋषि ने बच्चे को गले से लगा लिया।

—क्यों ?

—क्योंकि वह इतना बड़ा सच बोल सका, बड़े सहज मन से· · ·वह उस स्त्री का बच्चा था, जिसे सच से कोई संकोच नहीं था· · ·

—तुम जानते हो, यहां केवल एक जज है—एक मैं, और एक तुम ?

—हां।

—यहां तुम्हारा कोई गवाह नहीं है।

—क्यों?

—क्योंकि हमारा विश्वास हैं कि उस कहानी का अभी भी तुम पर थोड़ा-सा प्रभाव बाकी है। इसलिए तुम अपनी गवाही आप दोगे।

—फिर वकील साहब! आपने मुझे खतरनाक अपराधी क्यों कहा?

—क्योंकि पिछले तीन वर्षों के 'तुम', वह 'तुम' नहीं हो, जो पहले थे। तुम कभी-कभी कोशिश करोगे सच को छिपाने की···

—पर?

—एक वाक्य में छिपाकर दूसरे में स्वयं ही बता दोगे···

उसने सिर झुका लिया। एक हलकी-सी आह भी भरी। फिर सिर उठाकर कहा—'हां, पूछिए वकील साहब, जो पूछना चाहते हैं।'

—उर्सिला कौन थी?

—मैं उससे मुहब्बत करता था।

—अब नहीं करते?

—जो ज़बान 'हाँ' कह सकती है, वह कट गई हैं।

—किसने काटी?

—मैंने।

—तुम्हारे दोस्त ने नहीं?

—नहीं।

—तुम्हारे दोस्त को तुम्हारी इस मुहब्बत का पता था?

—वह सब जानता था।

—वह खुश नहीं था?

—वह बहुत खुश था··· बहुत खुश था, वकील साहब!

—फिर?

—मेरी मां खुश नहीं थी ।

—क्यों?

—वह चाहती थी—मैं···

—वह ज़मींदार के घर की दौलत चाहती थी?

—अपने लिए नहीं, मेरे लिए।

—और तुम्हारा दोस्त?

—वह तब पहली बार मुझसे लड़ा था। उससे पहले हम इकट्ठे रहते थे, एक ही कमरे में···उसके बाद वह मुझे छोड़कर चला गया।

—तुमने उसे मनाया नहीं?

—किस ज़बान से मना सकता था! मैंने अभी आपकी बताया था कि जिस जबान से दोस्ती की और मुहब्बत की बात की जाती है, वह मैंने काट दी थी।

—पर ज़मींदार की बेटी से ब्याह करने की हामी किस तरह भरी?

—कटी हुई ज़बान से···दुनिया का हर काम कटी हुई ज़बान से हो सकता है, वकील साहब!

—फिर उसके बाद तुम्हारा दोस्त तुमसे कभी नहीं मिला?

—दूर से कई बार देखा···

—कहां?

वह चुप हो गया। उसके कानों में अनेक पेड़ों के पत्ते सांय-सांय करने लगे, अनेक मन्दिरों के घंटे बज उठे, और अनेक पुस्तकों के पन्ने हिलने लगे···

—तुम बोलते नहीं?

—अगर मैं कहूं कि मैंने कई बार रात को चांद की लौ में उसे देखा था··· किसी टहनी पर उगने वाले पहले पत्ते में···और नदी के पानी में तैरते हुए मन्दिर के कलश में···और किसी-किसी किताब के···

वकील हंसने लगा, बोला, 'आज अगर कोई अदालत की कार्यवाही देखे तो यही समझेगा कि हम किसी कालिदास को पकड़कर अदालत में ले आए हैं···'

उसने एक पल के लिए आंखें मूंद लीं, शायद आंखें गीली हो आई थीं, फिर बोला, 'मैं शायद एक छोटा-सा कालिदास हो सकता था, पर हुआ नहीं···'

—क्या तुम खुश नहीं हो कि तुमने एक ऐसा पद प्राप्त किया है, जिसके लिए तुम्हारी दुनिया के कई लोग तुमसे ईर्ष्या करते थे?

वकील साहब।···

—यह चुप क्यों?

—इसलिए कि मुझे खुशी शब्द के अर्थ भूल गए हैं···

—यह पद तुमने किस तरह पाया?

वकील के इस प्रश्न पर वह चौंक गया। उसे वह दिन याद आया, जब

उर्सिला ने उससे कहा था—'कई बातें ऐसी होती हैं, जिन्हें लफ़्ज़ों की सज़ा नहीं दी जाती···'

वह आंखों में एक मिन्नत डालकर वकील की ओर देखने लगा।

वकील मुस्कराया, कहने लगा—'एक बालक था, जो एक ऋषि के पास विद्या ग्रहण करने के लिए गया था···'

उसने सिर नीचा कर लिया, आवाज़ कांप-सी गई—'वह न जाने किस युग की बात थी···'

—हो सकता है···

—क्या?

—कि उस युग में वह बालक तुम ही थे।

एक पल के लिए समय और स्थान बदल गए।

वकील के कहे हुए शब्द कानों में पड़े तो वह ,जो इस समय अभियुक्त था, एक ऋषि की कुटिया में कुशा के आसन पर बैठ गया।

फिर एक पल का सुख मन में डालकर वह वकील की ओर देखने लगा···

—क्यों, मैंने ठीक नहीं कहा?

—शायद नहीं।

—तुम नहीं चाहते कि तुम वह बच्चे होते?

—वकील साहब! जो ज़बान हां कह सकती है, वह कट गई है···

वकील ने एक ठंडी सांस ली। फिर एक बार परे उस ऊंची कुर्सी पर बैठे हुए न्यायाधीश की ओर देखा, मानो अभियुक्त के लिए दया की अपील कर रहा हो।

पर न्यायाधीश चुप था।

वकील ने फिर अभियुक्त की ओर देखा, कहा—'क्या यह सच है कि तुम्हारा यह पद भी ज़मींदार की बेटी ने लेकर दिया था? मेरा मतलब है, तुम्हारी पत्नी ने?'

—पहला वाक्य ही काफी था, वकील साहब!

—उसे पत्नी कहने पर आपत्ति क्यों?

—आपत्ति नहीं, संकोच हो सकता है···

—किस तरह?

—क्योंकि आपत्ति का सम्बन्ध कानून से है, और संकोच का मन से···

—और तन से?··· वकील हंस-सा दिया, तो अभियुक्त के मुंह में एक कड़वाहट-सी घुल गई—पर वह चुप रहा।

इस चुप से उसे अपने तन की वह चुप याद आ गई, जब उसने विवाह की पहली रात ज़मींदार की बेटी के बिस्तर में पांव रखा था···

तन गूंगा हो गया था···

उसने कपड़ों को फाड़ने की तरह अपने शरीर से उतारा था,पर शरीर बोलता नहीं था···

तन की आवाज़ को ढूंढ़ने के लिए उसने तन के अंधे कुएं में रस्सी लटकाई थी, पर केवल कुएं की चर्खी चीखी थी, मानो तन की खामोशी बिलख उठी हो···

आज उसे वह रात याद आई तो उसकी कल्पना धीरे से हंसी, कहने लगी—अगर उस रात वह बिस्तर उर्सिला का होता?

कल्पना ने टोना कर दिया तो वह सोचने लगा—'तन के साज़ को छूने के लिए हाथों में अदब भरा जाता···मैं उसके अंगों की गोलाइयों को इस तरह छूता, जैसे कोई साज़ के तारों को छूता है। पोरुओं से तन की नोकों को टटोलता, जैसे कोई तारों को सुर दे रहा हो···तार, तलवों तक हिल जाते···सारे अंग स्वर बन जाते···पैरों के 'सा' से लेकर माथे के 'सा' तक···

और जब खरज और गंधार के जादू में वह लिपट गया, तो साज़ के किसी तार को तोड़ते हुए वकील की आवाज़ आई—'सो, फिर तुम्हारा दोस्त तुम्हें कहीं नहीं मिला ?'

—नहीं, फिर कहीं नहीं मिला—उसने निराश स्वर से उत्तर दिया।

—कभी दूर से भी नहीं देखा ?

—रास्ता चलते देखा था···

—किस सड़क पर ?

—केवल एक ही सड़क पर।

—कौन-सी ?

—उसपर, जिसपर कई बार रात को मैं जाया करता था···

—कहां ?

—उसके पास, जो यह सब कुछ दिलवा सकता था···

—और तुम्हारा दोस्त ?

—अंधेरे में मोड़ पर खड़ा रहता था।

—किसलिए ?

—मुझे उस रास्ते से हटाने के लिए।

—तुम्हारे हाथों में क्या हुआ करता था?

—कई तरह की रिश्वत।

—और वह तुम्हारा दोस्त?

—मेरे हाथों को तोड़ देना चाहता था।

—तुम उसे अपने रास्ते से किस तरह हटाते थे?

—उसी तरह, जिस तरह किसी को रास्ते से हटाया जाता है।

वकील मुस्करा पड़ा, कहने लगा—'सो, अब भी तुम यह कहते हो कि तुमने उसकी हत्या नहीं की?'

—मैं ठीक कहता हूं, मैंने उसकी हत्या नहीं की। मैं सदा चाहता था, वह जीवित रहे···

—तुमने अन्तिम बार उसे कब देखा था, और कहां?

—उसी सड़क के मोड़ पर···जिस दिन वह भी मेरे साथ थी।

—वह कौन?

—वही, ज़मींदार की बेटी···

—तब तुम्हारा उससे विवाह हो चुका था?

—हो चुका था···

—फिर तुम उसे अपनी पत्नी क्यों नहीं कहते?

—कानून कहता है। मैं न भी कहूं तो क्या फर्क पड़ता है···

—अच्छा, यह बताओ, उस दिन तुम उसे अपने साथ लेकर क्यों गए थे?

—वह मेरी मर्ज़ी नहीं थी, उसकी थी। या फिर उसकी, जिसने बुलाया था।

—क्या वह भी एक रिश्वत का टुकड़ा थी?

—हां, पर जिसे न वह बैंक में रख सकता था, न घर में। केवल एक घंटे-भर के लिए सोने के कमरे में।

—सो, उस दिन तुम्हारा दोस्त तुम्हें अन्तिम बार मिला था?

—हां, और उसने अंधेरे के उस मोड़ पर खड़े होकर मेरे ज़ोर से थप्पड़ मारा था···

—और जवाब में तुमने क्या किया?

—केवल हाथ से उसे रास्ते से हटाया था···

—और वह वहां अंधेरे में गिर गया था?

—हां, वह गिर गया था, इसीलिए मैं तेज़ी से आगे बढ़ गया···

—और, क्या मालूम, उसे बहुत चोट लगी हो?

—ज़रूर लगी होगी···

—और क्या मालूम, वह वहां मर गया हो?

—नहीं···

—तुम किस तरह जानते हो?

—मैं विश्वास से कह सकता हूं···

—किस तरह?

—मेरे पास इसका प्रमाण मौजूद है।

—क्या?

वकील ने प्रमाण मांगा तो उसकी आंखें गीली हो आईं, कहने लगा—'वकील साहब! अगर वह सचमुच मर गया होता तो मेरी आंखों में यह पानी नहीं आ सकता था··· मैं अभी भी अपने-आप पर रो सकता हूं। तो इसका मतलब यही है कि वह जीवित है···

—क्या यह प्रमाण काफी है?—वकील ने फिर पूछा तो वह कुछ खीझ उठा। बोला, 'प्रमाण अपने समझने के लिए होते हैं, किसी को समझाने के लिए नहीं···'

वकील ने बात पलट दी, कहा—'पर तुम्हारी पत्नी ने जो कुछ भी किया, तुम्हारे लिए। क्या उसकी यह कुर्बानी नहीं थी?'

—नहीं। पहली बात तो यह है कि उसने जो कुछ भी किया, अपने लिए। इस सब कुछ की मुझे ज़रूरत नहीं थी, उसे थी। मेरे हाथों में पहली रिश्वत उसने ही थमाई थी।

—और दूसरी बात?

—कि यह कुर्बानी नहीं थी··· वह जो कोई भी था, ज़मींदार घराने का पुराना आदमी था···उसे, मेरा मतलब है—जमींदार की बेटी को, उसी तक पहुंचना था···मैं केवल एक कानूनी रास्ता था, जिसपर चलकर उस तक जाया जा सकता था···

—अब तुम आपस में किस तरह रहते हो? किस प्रकार की ज़िन्दगी जीते हो?

—बड़े आराम से, हम एक-दूसरे के तन का झूठ जी रहे है।

—पर इस विवाह के लिए आखिर तुमने ही 'हां' की थी।

—मेरी 'हां' केवल मां की ज़िद के आगे थी, और किसी के आगे नहीं···

—फिर बाद में तुम्हारी मां को उसका पछतावा नहीं हुआ?

—वह बहुत जल्दी मर गई, पछतावे का दिन देखने से पहले··· केवल कई बार खयाल आता है···

—क्या?

—कि अगर उसकी इस तरह इतनी जल्दी मृत्यु होनी थी तो उसे कुछ दिन पहले ही···

—तुम्हारा मतलब है कि तुम्हारा विवाह करने से पहले उसकी मृत्यु हो जाती?

—हां!

—क्या अपनी मां के बारे में ऐसे सोच सकना तुम्हारी कत्ल की वह रुचि नहीं, जिससे हो सकता है, तुमने अपने दोस्त का कत्ल किया हो, हालांकि तुम मानते नहीं···?

—आप नहीं समझेंगे, वकील साहब!

वकील ने न्यायाधीश की ओर देखा, मानो कह रहा हो कि अभियुक्त के भीतर छिपी हुई उसकी कत्ल की रुचि स्पष्ट दिखाई देती है, उसमें और समझने की कोई गुंजाइश नहीं है, न उसकी सफाई में कुछ सुनने की···

पर न्यायाधीश ने पहले बड़ी गंभीर दृष्टि से अभियुक्त की ओर देखा, फिर वकील की ओर। हाथ से संकेत करते हुए कहा, 'वह जो कुछ कहना चाहता है, वह सुना जाए।'

वकील ने अभियुक्त के कठघरे की ओर देखकर कुछ थके हुए स्वर में कहा—'सो, मां की मृत्यु की कामना करके भी तुम इसे कत्ल की रुचि नहीं मानते?

—नहीं, क्योंकि मैं मां को बहुत प्यार करता था, इसीलिए उसकी ज़िद के आगे अपनी उर्सिला की बलि दे दी थी···

वकील व्यंग्य से मुस्कराया—पर उसकी मृत्यु की कामना करना प्यार का अच्छा प्रमाण है?...

वह उत्तर में मुस्कराया, कहने लगा,—वकील साहब! आपकी कठिनाई यह है कि आपको हर बात के लिए प्रमाण चाहिए। अच्छा, सुनिए! एक बहुत बड़ा तपस्वी था। उसने रेनुका नामक एक राजकुमारी से विवाह किया। उस रानी के पांच पुत्र हुए।...सुन रहे हैं न?

—हां, सुन रहा हूं...

वकील ने एक बार हंसकर न्यायाधीश की ओर देखा, फिर ध्यान अभियुक्त की ओर कर लिया।

वह सुनाने लगा—एक बार वह रानी नदी में नहाने गई तो वहां चित्ररथ को देख उसके रूप पर मोहित हो गई। घर आई, तो उसके ऋषि-पति ने अपनी तपस्या के बल से यह बात जान ली। उसे बहुत क्रोध आया। उसने अपने चार पुत्रों को बुलाकर उन्हें आदेश दिया कि वे अपनी मां को मार दें...

वकील के ध्यान को अभियुक्त की इस कहानी ने सचमुच आकर्षित किया, और वह गंभीर होकर सुनते हुए बोला—फिर? पुत्रों ने सचमुच मां को मार दिया?

—नहीं, वे मां के मोह में आ गए। उन्होंने मां पर हाथ नहीं उठाया। इससे ऋषि को ओर भी क्रोध आया और उसने चारों पुत्रों को जड़ हो जाने का शाप दे दिया... सो, वे चारों जड़ हो गए...

—फिर?

—पांचवां, सबसे छोटा पुत्र परशुराम था, वह जब घर आया तो ऋषि-पिता ने उसे आदेश दिया कि वह अपनी मां को मार दे, और परशुराम ने उसी समय तलवार लेकर मां का सिर धड़ से अलग कर दिया—पर, जानते हैं, वकील साहब! आगे क्या हुआ?

—क्या?

—ऋषि-पिता अपने आदेश का पालन देखकर प्रसन्न हो गया और उसने पुत्र से वर मांगने के लिए कहा। फिर जानते हैं, उसने क्या वर मांगा?

—क्या?

—कि उसकी मां जीवित हो जाए और चारों भाई भी, जो जड़ हो गए थे··· अब समझे, वकील साहब?

—तुम्हारा मतलब है कि···

—मैं भी एक परशुराम हूं। मां ने मेरे विवाह का दोष कमाया, इसलिए उसकी मृत्यु की कामना कर सकता हूं। लेकिन अगर वह घड़ी गुज़र जाती, जिसमें मां को ज़िद करनी थी, तो मैं अपना विवाह जिस तरह करना चाहता था, कर लेता, और बाद में मां को उसी तरह जीवित देखना चाहता, जैसे परशुराम ने चाहा था···

वकील ने अपनी झुकी हुई आंखों को अभियुक्त के चेहरे से परे कर लिया···

वह फिर कहने लगा—पर मेरा, आज के आदमी का दुखान्त यह है वकील साहब, कि मैं न किसीको मार सकता हूं, न किसीको जिला सकता हूं···मैं बहुत कमज़ोर आदमी हूं···देखिए न, उसे मैंने जंगल में अकेला छोड़ दिया···

वकील चकित-सा हो गया, पूछने लगा—जगंल में? किसे?

—कुछ नहीं।—उसके स्वर में एक घबराहट आ गई···

एक पल के लिए वकील को सन्देह हुआ कि अभियुक्त का दिमाग ठिकाने नहीं रहा है; पर अब तक उसकी सारी बातें होश की थीं, इसलिए वकील का यह सन्देह दूसरी ओर मुड़ा। जो सुराग अब तक नहीं मिल रहा था, शायद अचानक होंठों पर आए इस वाक्य से कुछ मिल सकता था···

पूछने लगा—सो तुमने उसे जंगल में अकेला छोड़ दिया?

उत्तर में वह बोला नहीं।

वकील ने पूछा—तुमने याद है, वह किस दिन की बात है?

—क्या?—वह वकील के मुख की ओर ऐसे देखने लगा, जैसे वह सवाल को समझा ही न हो।

—जिस दिन तुम उसे जंगल में ले गए थे, और वहां तुमने उसे अकेला छोड़ दिया था···

अब अभियुक्त के होंठों पर एक मुस्कराहट आई; पर ऐसे, जैसे होंठों पर आकर रो पड़ी हो। वह कहने लगा—हां, वकील साहब! मैंने एक बड़ी मासूम और बड़ी प्यारी-सी लड़की को एक जंगल में अकेला छोड़ दिया···

—तुम किसकी बात कर रहे हो?

—उर्सिला की।

—हूँ!—वकील चुप-सा हो गया।

—मुझे अचानक एक बात याद आ गई थी, वही बताने लगा था···

—क्या?

—एक दिन जब हम सब लोग पिकनिक से लौटे थे, रास्ते में एक पहाड़ी पर एक मन्दिर पड़ता था। उर्सिला वह मन्दिर देखना चाहती थी और बाकी और कोई भी चढ़ाई नहीं चढ़ना चाहता था···सब थके हुए थे···

—फिर?

—मैं और वह उस पहाड़ी के मन्दिर को देखने चले गए, इसलिए साथियों से पिछड़ गए···जो बाहर वाली पगडंडी गांव को आती थी, वह बहुत लम्बी

थी। लेकिन अगर हम रास्ते में पड़ने वाले जंगल के बीच से गुज़रते तो बहुत जल्दी गांव पहुंच सकते थे।

—सो, तुम जंगल के रास्ते से आए?

—संस्कार बड़े अजीब होते हैं, वकील साहब! हम मन्दिर से नीचे आकर जंगल के रास्ते पर पड़ गए। अचानक मैंने कुसुम का एक फूल तोड़कर उर्सिला के बालों में अटका दिया, और एक फूल हथेली पर मसलकर उसका रंग उसके माथे पर लगा··· दिया जानते हें, क्यों?

—क्यों?—वकील कुछ मुस्करा-सा उठा, पर अभियुक्त ने देखा नहीं, उसका ध्यान दूर जंगल में था, कहने लगा—'जब मेरी नानी जीवित थी, तब एक दोपहर जब हम जंगल से गुज़रने लगे थे,तब उसने कुसुम के फूल तोड़कर उनकी पंखुड़ियां सबके माथे पर मली थीं···अपने बालों में भी फूल लगाए थे, मां के बालों में भी···आप जानते हैं, कुसुम के फूलों को अग्निशिखा भी कहते हें?'

—पर?

—नानी भी कहती थी, जंगलों में बहुत-सी रूहें रहती हैं। पर अगर बालों में कुसुम के फूल हों, गले में रंगीन मोती और माथे पर कुसुम का लाल रंग, तो जंगल की रूहें रास्ता चलने वालों को कोई दुः ख नहीं देतीं, न ही वे रास्ता भूलते हैं···

—फिर उस दिन तुमने उर्सिला को जंगल में अकेला छोड़ दिया?

—नहीं, वकील साहब! उस दिन तो उसके माथे पर कुसुम का रंग लगाया था।···उस दिन नहीं···बाद में यह दुनिया भी तो एक भयानक जंगल हैं, इस भयानक जंगल में मैंने उसे अकेला छोड़ दिया।···पर नहीं, अग्निशिखा की रीत मैं ही भूल गया···

—किस तरह?

—मैं अपने माथे पर कुसुम का रंग लगाना भूल गया, सो जंगल की रूहें मुझसे नाराज़ हो गईं, और में जंगल में रास्ता भूल गया··

—हां, लगता है, तुम झूठ नहीं बोल सकते।—वकील ने धीरे से यह कहा तो वह जो अभियुक्त था, धीरे से हंस पड़ा और कहने लगा—'झूठ नहीं बोल सकता, पर झूठ को आंखों से देखकर भी चुप रह सकता हूं···अक्सर रहता हूं···'

—उदाहरण दो।

—उदाहरण? उस औरत को लोग जब मेरी पत्नी कहते हैं, तो मैं चुप रहता हूं।···

—और?

—और जब मेरे सामने लाखों के बजट पर हस्ताक्षर होते हैं, तब उसकी कितनी रकम कहां लगती है और कितनी कहां जाती है, सब ज़ानता हूं, पर चुप रहता हूं···

—किसके बजट?

—नये महकमों के, नई मिलों के, नई खरीद के, या किसी न किसी चीज़ की प्रोमोशन में, उदाहरण के तौर पर, एजुकेशन की, आर्ट की, कल्चर की···

—यह चुप रहने की आदत तुम्हें कब से पड़ी?

—उस दिन से,जब मां की ज़िद के आगे चुप रह गया था।

—फिर?

—फिर जब मेरा दोस्त मेरे पास से जाने लगा, तो मैं चुप रह गया था।

—फिर?

—फिर उस रात, जब मेरी पत्नी कहलाने वाली औरत मेरी नौकरी के कागज़ों पर हस्ताक्षर करवाकर ले आई थी···और केवल उस रात नहीं, अब भी कई रातों को, जब मुझे मालूम होता है कि वह कहां गई थी और वह कहती है कि वह कुछ खरीदने गई थी, मैं चुप रहता हूं···हां,सच, एक बात है···

—क्या ?

—मुझे अपने घर में बाज़ार की गंध आती है, खास कर अपने बिस्तर में · ·

—इसका मतलब ?

—इसका मतलब यह है कि मेरा दोस्त अभी कहीं जीवित है।

—उसके जीवित होने का इस गंध से क्या संबंध है ?

—वकील साहब ! मैं आपको किस तरह समझाऊं कि वह अगर मर गया होता तो मुझे किसी भी गलत चीज़ में से गंध नहीं आ सकती थी · · ·जैसे · · ·

—जैसे क्या ?

—जैसे, अगर वह मर गया होता तो मुझे किसी भी अच्छी चीज़ में से सुगन्ध नहीं आ सकती थी।

—तुम अजीब आदमी हो · · ·अच्छा, यह बताओ, तुमने अभी तक अपने किए के संबंध में कुछ नहीं कहा, आखिर सब कुछ तुम्हारे हाथों हुआ · · ·

—हां, मैंने जुआ खेला।

वकील हंस पड़ा, कहने लगा—और इतनी धन-सम्पदा, मान-सम्मान जुए में जीत लिए · · ·

अभियुक्त की आंखों में रोष भड़क उठा, कहने लगा—जुए में सबसे पहले मैने अपने-आपको हारा, फिर अपनी ज़िन्दगी के सबसे बड़े दोस्त को, और फिर उर्सिला को · · ·जैसे युधिष्ठिर ने अपने भाइयों को दांव पर लगाया था और हार दिया था, फिर अपने-आपको, और फिर द्रौपदी को · · ·

वकील मुस्कराया—सो, आज के पांडव ! तुमने भी जुआ खेला · · ·

—हां, उसी तरह, पर दौलत के लालच से नहीं।

—फिर किसलिए?

—जैसे पांडवों ने खेला था, अपने बुज़ुर्ग धृतराष्ट्र की आज्ञा मानकर—मैंने मां की आज्ञा मानी थी।

—पर तुम्हें आज्ञा मानने का पछतावा है?

—हां; यह युग का अन्तर है, आज के आदमी के पास 'किन्तु' है, सन्देह है, तर्क है, पछतावा है···

—पर मन के वनों में भटकते हुए, तुम्हारी द्रौपदी तुम्हारे साथ क्यों नहीं है? न तुम्हारा मित्र तुम्हारे साथ हैं···पांडव तो इकट्ठे वन को गए थे···

—यह भी युग का अन्तर है, वकील साहब! हम सब भटक रहे है, अपने-अपने वनों में··· यह अकेलापन भी इस युग की देन है···

—तुम सचमुच दिलचस्प आदमी हो···बातों से तुम अपनी साधारण बात को असाधारण बना देते हो···

—किस तरह?

—जैसे अपनी उर्सिला को तुमने द्रौपदी से मिला दिया।

—उर्सिला की जन्मकथा भी द्रौपदी की जन्मकथा जैसी है।

—वह किस तरह?—वकील के मुख पर आश्चर्य आ गया···

—आप जानते ही हैं, द्रौपदी एक हवनकुंड से पैदा हुई थी, एक अग्निकुंड से···

—हां!

—उर्सिला भी एक अग्निकुंड से पैदा हुई थी···उसके माता-पिता हवनकुंड

के समान पवित्र थे· · ·पर इस कुंड में उसकी मां के रूप पर मोहित होकर एक राक्षस ने बदले की आग जला दी· · ·मां नदी में डूबकर मर गई, पिता भिक्षापात्र लेकर संन्यासी हो गया· · ·

—पर यह सारी कहानी तो द्रौपदी की नहीं थी· · ·

—यह भी युग का अन्तर है· · ·इस तरह आज की मुहब्बत को कोई हवनकुंड नहीं कहता· · ·आज के राक्षसों को कोई राक्षस नहीं कहता· · ·आज की भलाई को कोई वर नहीं कहता, और आज की बुराई को कोई शाप नहीं कहता· · ·

वकील की आंखों में अभियुक्त के लिए मोह भर आया, उसने कोमल-से स्वर में कहा—सो, तुम्हारे कथन के अनुसार, तुम पर अपने मित्र के कत्ल का दोष नहीं लगता· · ·

—उसे खो देने का दोष लगता है, वकील साहब !

वकील हैरान हो गया, उसने पूछा—पर यह दोष तुम्हारी दृष्टि में बहुत बड़ा दोष है ?

—हां वकील साहब ! यह चुप का दोष है, बहुत बड़ा, और बहुत दूर तक फैला हुआ—मेरे बिस्तर से लेकर दुनिया के राजसिंहासन तक फैला हुआ—हर देश के राजसिंहासन तक· · ·

वकील की आकृति गंभीर हो गई, उसने धीरे से कहा—पर आज के मनुष्य ! यह दोष तो हर युग में था· · ·

अभियुक्त हंसा, कहने लगा—क्या समय का विस्तार दोष को देष-मुक्त कर देता है ?

वकील ने कुछ नहीं कहा।

वही कहने लगा—देखिए ! किस समय की बात है, उस समय की, जब दुर्योधन की भरी सभा में द्रोपदी को घसीटकर लाया गया तो भरी सभा में रोते हुए द्रौपदी ने अपने धर्मराज युधिष्ठिर से एक प्रश्न पूछा था· · ·

—क्या?

—कि युधिष्ठिर जब अपने-आपको हार चुके तो उन्हें क्या अधिकार था कि वह उसे दांव पर लगा दें।

—युधिष्ठिर ने क्या उत्तर दिया?

—कोई उत्तर नहीं दिया, वकील साहब! कोई उत्तर नहीं दिया। हालांकि भरी सभा में भीष्म पितामह ने कहा कि द्रौपदी का प्रश्न बहुत गूढ़ है, गौरव का··· पर इस प्रश्न का किसी ने उत्तर नहीं दिया··· मैं वही तो कह रहा हूं कि अनेक प्रश्न शताब्दियों से हवा में खड़े हुए हैं, परन्तु मनुष्य शताब्दियों से चुप है···

—अभियुक्त!

—हां, वकील साहब! उर्सिला का भी यही प्रश्न है, और मैं चुप हूं···मैं चुप रहने का दोषी हूं···

वकील किसी चिन्ता में पड़ गया,फिर न्यायाधीश की ओर देखते हुए धीमे स्वर में अभियुक्त से पूछने लगा—तुम्हारा क्या खयाल है—अगर तुम्हारी जगह तुम्हारा मित्र होता तो वह इस प्रश्न का उत्तर देता?

अभियुक्त ने एक गहरी सांस ली, फिर थके हुए स्वर में कहने लगा—वह चुप नहीं रह सकता था, इसीलिए वह मेरे पास से चला गया ···वह मेरी शक्ति था, मेरा बल···

—पर अगर तुम्हारी जगह वह होता, दुनिया के जो सुख-आराम तुम्हारे सामने हैं, अगर उसके सामने होते?

अभियुक्त हंसा, इतना कि रूमाल से उसने अपनी आंखों में आए हुए पानी को पोंछा, और कहने लगा—वह मेरी जगह हो ही नहीं सकता था, वकील साहब! वह उस सड़क को तोड़ देता, जिस सड़क पर चलकर मै यहां पहुंचा हूं··· यह रास्ता उसके पैरों के लिए नहीं था···एक बात कहूं, वकील साहब?

—हां।

—इन रास्तों पर चलने के लिए मनुष्य को साहस नहीं चाहिए, बल्कि इनपर न चलने के लिए साहस चाहिए···और यह केवल उसके पास था···

—और तुम?

—मैं बहुत कमज़ोर आदमी हूं···चला, तो बस, चलता रहा···

—तुम इस रास्ते में वापस जाना चाहते हो?

वकील के इस प्रश्न पर अभियुक्त फिर हंस पड़ा, कहने लगा—अजीब प्रश्न है!

—क्यों?

—क्योंकि कुछ चाह सकने के लिए साहस चाहिए।

—सो, तुम नहीं चाहते, पर न चाहने के लिए भी साहस चाहिए?

—हां, वकील साहब! हां और नहीं दोनों के लिए। मैं दोनों से दूर आ चुका हूं···

वकील ने मेज़ पर झुककर एक कागज़ पर कुछ लिखा, फिर अभियुक्त की ओर देखकर कहने लगा—तुम जानते हो, इन सब बातों से तुम्हारे मुकदमे की कार्यवाही कहीं नहीं पहुंचती···

—ठीक है, उसे भी मेरी तरह कागज़ों में भटकने दीजिए···उसने उचाट-से मन से कहा, और फिर पूछने लगा—'मुझे बहुत प्यास लग रही है, मैं कहीं से पानी पी सकता हूं?

—पानी?

उसने कुछ झिझकर कोट की जेब में टटोला, फिर बोला—मेरे पास थोड़ी- सी ब्रांडी है, मेरा मतलब है, व्हिस्की···मैं पी लूं?

वकील ने न्यायाधीश की ओर देखा तो वह धीरे से मुस्करा दिया। इसलिए वकील ने अभियुक्त की ओर देखकर कहा —तुम्हारी मर्ज़ी · · ·

उसने जल्दी से छोटी-सी बोतल से पांच-छ: घूंट भर लिए, और कुछ तृप्त होकर वकील की ओर देखा।

वकील ने वही प्रश्न, कागज़ों में से उठाकर, फिर दोहरा दिया—सो तुम्हारा दोस्त गुम हो गया है, तीन साल से मिल नहीं रहा है।'

उसने समर्थन किया—'हां तीन साल से नहीं मिल रहा है।

वकील ने अपना संदेह भी दोहराया—शायद उसका कत्ल हुआ है?

उसने फिर उसी प्रकार आपत्ति की—नहीं, वह जीवित है · · ·

कोई प्रमाण?—वकील की आवाज़ ठंडी और कारोबारी हो गई।

मैं प्रमाण दे चुका हूं, अब बार-बार नहीं दूंगा।—उसने थके हुए स्वर में कहा।

—पर तुम उसे ढूढ़ते क्यों नहीं?

—अगर ढूंढ़ सकता तो आपको दर्ख़ास्त क्यों देता?

—उसे ढूढ़ना किसका काम है?

—हम सबका।

कमरे में खामोशी छा गई।

कमरे की उस बड़ी दीवार की ओर पहले ही खामोशी थी—दीवार पर लगा हुआ चित्र भी, और नीचे उसकी सीध में बैठा हुआ सफेद चोगे वाला न्यायाधीश भी—जैसे दीवार का हिस्सा थे। केवल इस ओर लकड़ी के कठघरे में खड़ा हुआ अभियुक्त और उससे कुछ फासले पर खड़ा हुआ काले कोट वाला वकील बोल रहे थे—वे भी चुप हो गए तो कमरा भयानक-सा हो गया · · ·

वह कठघरे पर अपनी बाईं कोहनी टिकाकर, खाली-खाली आंखों से कमरे की दीवारों को देखने लगा—और बिना पानी व्हिस्की का पिया हुआ घूंट उसकी छाती में बहुत गर्म लगने लगा।

सिगरेट की भी तलब लगी, और उसने जेब में से सिगरेट केस निकालकर एक सिगरेट जलाई···

—यह नंगी ईंटों का कमरा शायद बहुत पुराना है, और शायद यहां रोज़ कचहरी नहीं लगती। वह कोनों में लगे हुए जालों को देखता रहा, फिर अचानक सफेद चोगेवाले न्यायाधीश के मुख की ओर देखने लगा···

सोचने लगा—कम्बख्त पत्थर की मूर्ति की तरह बैठा हुआ है—न बोलता है, न हिलता है, केवल आंखें झपककर देखे जा रहा है···

और उसे खयाल आया—अगर उसकी आंखें भी न झपकतीं तो वह समझता कि वह सचमुच पत्थर का बना हुआ है···

फिर अपने ही एक विचार से उसे हंसी-सी आ गई—अगर दुनिया की हर अदालत में न्याय का एक बुत बनाकर रख दिया जाए, तो क्या हर्ज है···?

—पत्थर हो गए न्याय का बुत—उसने स्वयं ही अपने विचार में संशोधन किया।

और अपने-आपको तर्क दिया—अगर भगवान पत्थर का बनाया जा सकता है, तो न्याय क्यों नहीं? बल्कि वही तो सच होगा···

—और सुनवाई? —उसके मन में 'किन्तु' उठा।

पर वहीं 'किन्तु' उसके होंठों पर आकर हंस पड़ा—अब क्या सुनवाई होती है? किसकी?

उसने हथेली से होंठों पर से 'किन्तु' को पोंछ दिया, उसे लगा—जीभ केवल हुकूमतों की होती है, इन्सान तो कब से चुप है···

आज इस अदालत में चुप का दोष उसने स्वयं ही अपने कंधों पर रखा है, इस बात ने उसे कुछ तसल्ली-सी दी।

और अचानक एक बहुत पुरानी वार्ता उसे याद आ गई—जब पांचों पांडव कुन्ती के साथ जंगलों में मारे-मारे फिर रहे थे तो वहां एक हिडिंबा नाम की राक्षसी भीम की काया का बल देखकर उसपर मोहित हो गई थी···और एक सुन्दर राजकुमारी का रूप धारण करके आई थी···।

पुरातन कहानी को उसने एक झटके से शोधित किया—'नहीं, ज़मींदार की बेटी का रूप धारण करके आई···'

और वह कहानी पर विचार करने लगा—महाबली भीम ने उस राक्षसी का भेद जान लिया, तब भी उसकी इच्छा पूर्ण की, पर एक शर्त रखी—उसने कहा कि जब तुम्हारे पुत्र का जन्म होगा, मैं वापस अपनी ज़िन्दगी में लौट आऊंगा···

मन, जैसे नंगे पैर जंगलों की ओर दौड़ पड़ा, पर उन जंगलों की ओर, जो भीम के समय के थे। ···काल और स्थान की चेतना आई तो पांवों में बहुत-से कांटे चुभ गए···

—कितना पुरातन समय था !—वह विचार में डूब गया—एक बरस बाद अपनी ज़िन्दगी में लौट आने का रास्ता उसने सुरक्षित रख लिया, पर अब — शताब्दियों के बाद भी, किस प्रकार का, नया समय आया है, जो उस पुराने समय जितना भी नया नहीं है कि एक वर्ष बाद ···या तीन वर्ष बाद···वापस अपनी ज़िन्दगी में लौटा जा सके···

'अपनी ज़िन्दगी' —दो छोटे-से शब्द उसकी आंख़ों के आगे चमकने लगे।

उर्सिला उन छोटे-से शब्दों में समा गई—मानो ढाई पगों से वह सारी धरती नाप रही हो···

आंखें शायद किसी विचार के कारण चकाचौंध हो गई थीं, मुंद-सी गईं···

—क्यों अभियुक्त ! सो गए ? —वकील की आवाज़ आई।

—नहीं तो।

उसने चौंककर कमरे की दीवारों की ओर देखा। फिर बड़ी दीवार पर लगे हुए चित्र की ओर उसकी दृष्टि गई तो उसने वकील की ओर मुंह करके पूछा—'यह चित्र किसका है?'

—अच्छी तरह देखो, पहचाना।

—बहुत अंधेरा है, पहचाना नहीं जाता।

—यही तो आज के इन्सान की मुश्किल है।

वकील की कही हुई बात से वह चौंक गया, और चित्र को दृष्टि गड़ाकर देखने लगा···

—यह···यह मेरे उस दोस्त का चित्र प्रतीत होता है।

—अच्छी तरह देखो···

—क्या वह सचमुच मर गया हैं?

—तुम्हें विश्वास हैं कि वह जीवित हैं?

—हां, मुझे विश्वास था कि वह जीवित है।

—फिर अब क्यों विश्वास नहीं होता?

—हमारी दुनिया में···लोग उनके चित्रों पर हार डालकर दीवारों पर टांगते हैं, जो मर जाते हैं।···आपने, वकील साहब! इसके चित्र पर हार क्यों डाला हुआ है?

—चित्र को फिर अच्छी तरह देखो।

उसकी समझ में कुछ नहीं आ रहा था कि वकील उससे लौट पलटकर यह क्यों कह रहा है। वह चकित होकर वकील के मुंह की ओर देखने लगा···

फिर उसने लकड़ी के कठघरे की ओर देखा, और फिर अपनी ओर···

अपनी चीख़ अपने ही कानों में सुनाई दी—मैं यहां अभियुक्त के कठघरे में क्यों खड़ा हूं?

और कठघरे से निकलकर वह बाहर की ओर दौड़ने लगा तो वकील ने उसके पास आकर उसकी बांह पकड़ ली···

उसने जलती हुई आंखों से वकील के मुंह की ओर देखा—इस समय वह बिल्कुल उसके पास खड़ा था और उसका मुंह बिल्कुल उसके सामने था···

उसके पांव, जो दौड़ने जा रहे थे, जैसे निर्जीव हो गए। होंठों से तड़पकर निकला—'यह मैं? मैं आज काला कोट पहनकर यहां किस तरह आ गया?'

पिछली दीवार की ओर से हल्की-सी हंसी की आवाज़ आई, तो उसने घबराकर उधर देखा, जिधर एक ऊंची कुर्सी पर सफेद चोगेवाला न्यायाधीश बैठा हुआ था···

वह घिसटते हुए कदमों से चलते हुए उधर उस मेज़ की ओर गया और कुर्सी पर बैठे हुए न्यायाधीश को गौर से देखते हुए जैसे पागल हो उठा—यह भी मैं? आज सफेद चोगा पहनकर यहां न्यायाधीश की कुर्सी पर क्यों बैठा हुआ हूं?

उसने कांप कर दीवार पर लगे हुए चित्र की ओर देखा—यह मेरा दोस्त? ···नहीं, यह मैं हूं···अपना नया सूट पहने हुए···उसने कभी भी ऐसे कपड़े नहीं पहने···नहीं, वह नहीं है,··· यह मैं हूं···

उसने घबराकर दीवारों को हाथों से टटोला···

अदालत की दीवारें मानो उसके शरीर का मांस थीं, उसके ही अंग-प्रत्यंग···

···उसने हाथों से टटोला, तो उसे प्रतीत हुआ कि उसके सारे शरीर में पीड़ा हो रहीं है···

आंखें चौंककर खुलीं···

उसने पलंग की पट्टी को, तकिये को टटोला, पर बिस्तर से उठने लगा तो उससे उठा न गया···

रात वाले सपने की वह अर्ज़ी याद आई, जो उसने अपने खोए हुए मैं को ढूंढ़ने के लिए दी थी···

—मेरा वह मैं सचमुच जीवित है, केवल खो गया है··· वह नहीं मर सकता ···नहीं मर सकता।

और रात को सपने में उसके भीतर के अभियुक्त ने उसके भीतर के वकील से जो. कहा था, वह याद आया—अगर वह मर गया होता तो मुझे किसी गलत चीज़ में से दुर्गन्ध नहीं आ सकती थी···और मुझे किसी अच्छी चीज़ में से सुगन्ध नहीं आ सकती थी···

—कल रात मैंने सचमुच एक सच ढूंढ़ लिया है।

उसने फिर बिस्तर से उठने की कोशिश की, पर उठ न सका···

रात का न जाने कौन-सा पहर था, उसने समय देखना चाहा, पर उसके सोने के कमरे में बिल्कुल अंधेरा था···

अचानक अपने बिस्तर से उसे एक सुगन्ध आई···

वह हैरान हो गया···पहले सदा उसे अपने बिस्तर से दुर्गंध आती मालूम हुआ करती थी···

मन में आकाश की बिजली की भांति कुछ कौंध गया··· शायद रात को जब मैं सोया हुआ था, मेरा दोस्त मेरे कमरे में आया था,मुझे सोए हुए देखने को ···तभी तो मेरे पलंग से सुगंध आ रही है···

उसने एक ठंडी सुख की सांस ली··· एक तसल्ली की; सोचा—मेरा जो 'मैं' मेरा दोस्त था, वह भले ही गुम हो गया है, पर मरा नहीं है···

फिर अचानक वह चित्र याद हो आया, जो दीवार पर लगा हुआ था, और जिसके गले में फूलों का हार पड़ा हुआ था···

और उसने एक निःश्वास लिया—हां, मेरा चित्र था···मुझे तीन साल हो गए हैं कत्ल हुए···!

और उसने चादर के सिरे से शरीर पर आए हुए पसीने को इस तरह पोंछा, जैसे कत्ल हुए शरीर से लहू पोंछ रहा हो···